AF237711

Claudia Haase

# Weihnachten im Schloss

Eine romantische Kurzgeschichte

Bibliografische Information der Deutschen Nationalbibliothek: Die Deutsche Nationalbibliothek verzeichnet diese Publikation in der Deutschen Nationalbibliografie; detaillierte bibliografische Daten sind im Internet über http://dnb.dnb.de abrufbar.

Die automatisierte Analyse des Werkes, um daraus Informationen insbesondere über Muster, Trends und Korrelationen gemäß §44b UrhG („Text und Data Mining") zu gewinnen, ist untersagt.

Lektorat & Korrektorat: Senta Herrmann

Verlag: BoD · Books on Demand GmbH, Überseering 33, 22297 Hamburg, bod@bod.de

Druck: Libri Plureos GmbH, Friedensallee 273, 22763 Hamburg

Cover: Malkovstock, Calm image of interior Classic New Year Tree decorated in a room with a fireplace
Bilddatei: iStock-628036942

ISBN: 978-3-7543-4693-8

# Inhalt

Kapitel 1.................................................. 9

Kapitel 2.................................................. 12

Kapitel 3.................................................. 17

Kapitel 4.................................................. 22

Kapitel 5.................................................. 27

Kapitel 6.................................................. 34

Kapitel 7.................................................. 39

Kapitel 8.................................................. 48

Kapitel 9.................................................. 59

Kapitel 10................................................ 60

Kapitel 11................................................ 62

Kapitel 12................................................ 69

Kapitel 13................................................ 76

Kapitel 14................................................ 80

Kapitel 15................................................ 83

Ein Jahr später .......................................... 97

Danksagung.............................................. 100

## Kapitel 1

Skeptisch blickte Charlotte aus dem Zugfenster. Der Bahnhof des Örtchens Bergfels war winzig. Ob es dort im Bahnhofsgebäude ein Restaurant gab, wo sie sich nach der langen Zugfahrt stärken konnte? Oder sollte sie lieber zuerst zur Hotelpension gehen und ihren Koffer abladen? Dort könnte sie auch eine Kleinigkeit essen und im Anschluss eine Entdeckungstour durch Bergfels unternehmen.

Der Zug kam mit einem Ruck zum Halt. Sie schulterte ihre Laptoptasche und wuchtete den sperrigen Koffer aus dem Gepäcknetz. Eine Tasche wäre praktischer gewesen, aber für den Archivbesuch brauchte sie feinere Kleidung, um dem Grafen gegenüber etwas seriöser auftreten zu können. Nur wenige Personen stiegen mit ihr zusammen aus und schnell war sie allein auf dem kleinen Bahnsteig. Ein Bahnhofsrestaurant schien es nicht zu geben, aber ein Schild wies zum fußläufigen Ortszentrum, wo sich auch ihre Hotelpension befand. Feiner Nieselregen ließ sie ihre Kapuze aufziehen, ehe sie zielstrebig in die angegebene Richtung lief. Kaum zu glauben, dass in vier Wochen schon Weihnachten war. Sie hatte vor ihrer Abfahrt nach Bergfels auf Schnee gehofft. Ein Foto des Schlosses inmitten eines weißen Winterwunderlandes würde ihren Chef erfreuen. *Und meine Geldbörse. Sonst wird es eng mit der Dissertation. Ich fürchte, die Weihnachtsgeschenke für meine Eltern werden dieses Jahr definitiv kleiner ausfallen müssen als sonst.*

Viel Betrieb war nicht auf der Hauptstraße, die von Fachwerkhäusern mit kleinen Ladengeschäften gesäumt wurde. Charlotte betrachtete im Vorbeigehen die nett dekorierten Fenster. Hier ein Wollgeschäft mit selbstgestrickten Pullovern, Schals und Mützen, dort Tonwaren und Holzschnitzereien, gefolgt von Malereien mit Schlossmotiven und einem Geschäft mit Spezialitäten aus der Region. Sie wunderte sich, dass nirgendwo weihnachtliche Dekoration zu sehen war. Nicht eine Tanne oder ein Lichtlein. Gab es einen Grund dafür?

Sie näherte sich dem Marktplatz im Zentrum des Ortes und genoss den Ausblick auf das Rathaus, das Anfang des 18. Jahrhunderts im Barock-Stil erbaut worden war. Rundum entdeckte sie einen

Fleischerladen, einen Schuster und ein Versicherungsbüro sowie ein kleines Café. Die Hotelpension lag in einer Straße neben dem Rathaus und sie schlenderte mit ihrem Koffer im Schlepptau quer über den Marktplatz, auf dem ein paar Stände verteilt waren. Eifrig verpackten die Bauersleute ihre Obstkartons.

»He, Sie da!«, rief ihr eine der Frauen zu. »Möchten Sie sich was nehmen, bevor wir alles für die Tafel unserer Kreisstadt zusammenpacken?« Sie zeigte auf eine Kiste mit rotbäckigen Äpfeln. Charlotte nickte und näherte sich der Marktverkäuferin. »Gerne, ich bin gerade angekommen und könnte ein wenig frisches Obst vertragen.«

Die Frau packte zwei schöne Exemplare in eine Papiertüte und legte noch eine Banane und zwei Clementinen dazu.

Charlotte kramte ihre Geldbörse hervor, aber die Frau schüttelte lachend den Kopf. »Nein, nein, ist umsonst, ein Willkommensgruß von Bergfels. Wir stehen jeden Tag hier, Sie können gerne ein andermal wiederkommen und Nachschub besorgen.«

»Das werde ich tun, ganz sicher!«, antwortete Charlotte und griff nach der gefüllten Papiertüte.

»Haben Sie schon eine Unterkunft?«

»Ja, ich wohne in der Hotelpension neben dem Rathaus.«

»Das ist ein hübsches Gasthaus, von der Familie Bader geführt, gute Wahl.« Die Verkäuferin nickte anerkennend. »Ich wünsche Ihnen einen schönen Aufenthalt.«

»Danke, vielen Dank«, erwiderte Charlotte und schritt frohen Mutes ihrer Unterkunft entgegen.

## Kapitel 2

Flordelis Mathilde Ida Gräfin von Bergfels-Blumenheide rauschte mit ihrem Jaguar durch die Tore der Schlosseinfahrt und der Kies flog nach allen Seiten davon. Im Vorbeifahren sah sie ein Kaninchen verschreckt von dannen hüpfen und eine kleine Schar Spatzen flatterte aufgeregt aus einem Busch. Mit Schwung fuhr sie dreimal um den kleinen Kreisverkehr vor dem Schloss, in dem sie sich schon als Kind mit ihrem Bruder Wettfahrten auf dem Fahrrad geliefert hatte. Schließlich musste sie es ausnutzen, dass niemand sonst aus der Familie zugegen war. Sie drosselte das Tempo, bevor sie den Luxusschlitten gesittet an dem Haupttrakt vorbeisteuerte und vor der Garageneinfahrt stoppte. Sie sprang aus dem Wagen, reckte sich und sog die frische Landluft ein. Sie war zu selten hier. Vom Rücksitz angelte sie ihren Aktenkoffer und die praktische, uralte Reisetasche, die sie seit ihrer Jugend in alle Ecken der Welt begleitete. Eiligen Schrittes marschierte sie zum Nebentrakt, an dessen Seite sich der ehemalige Dienstboteneingang befand, den die Familie zumeist der schweren Eingangstür des Hauptgebäudes vorzog.

»Frau Gräfin, kann ich sonst noch etwas für Sie tun?«, fragte Hanka, die langjährige Bedienstete der Familie, nachdem sie Idas Mantel entgegengenommen hatte. »Haben Sie spezielle Wünsche für die Zeit Ihres Aufenthaltes?«

»Mensch, Hanka, wie oft habe ich Ihnen schon gesagt, dass Sie mich Ida nennen sollen?«

»Aber Graf von Bergfels-Blumenheide hat mir ausdrücklich befohlen, Sie so zu nennen.«

»Ja, aber sehen Sie ihn hier irgendwo?« Ida machte eine weit ausholende Geste und drehte sich einmal im Kreis. Hanka verzog bedröppelt das Gesicht und trat verlegen von einem Fuß auf den anderen. Ida seufzte. Hanka war zu bedauern. Wurde sie überhaupt anständig bezahlt? Gab es einen Mindestlohn für Bedienstete? Sie hatte daran nie einen Gedanken verschwendet, für sie war es unvorstellbar, in ihrer Stadtwohnung andere Leute arbeiten zu lassen. Auch wenn sie mit Hauspersonal groß geworden war, so konnte sie sich einfach nicht daran gewöhnen.

»Möchten Sie vielleicht einen Tee und etwas Gebäck? Heute Abend kann ich Ihnen etwas aufwärmen, die Köchin wird erst morgen aus dem Ferienhaus Ihrer Eltern in den Alpen eintreffen.«

»Ich bin nicht hungrig oder durstig«, hätte Ida der Angestellten am liebsten entgegengeschleudert. Stattdessen antwortete sie höflich: »Tee und Gebäck nehme ich gerne.« Ida setzte ein freundliches Gesicht auf und nickte der Frau zu. »Heute Abend esse ich jedoch im Dorf. Sie können Feierabend machen, nachdem Sie mir den Tee serviert haben.«

Hanka konnte ja nichts dafür, dass ihr Vater Ida gebeten hatte, auserwählten Gästen, vornehmlich Geschichtsforschenden, das Familienarchiv vorzustellen und Fragen zu beantworten. *Als ob das nicht der alte Georg machen könnte. Er hat schließlich mich und meine Geschwister im Pferdestall mit der Familiengeschichte vertraut gemacht und weiß mehr als wir alle zusammen über dieses Haus und unsere Vorfahren.* Seine Eltern hatten schon im Dienst der Grafenfamilie gestanden.

Die Zusage für ihre Hilfe im Archiv hatte Ida an die Bedingung verknüpft, dieses Jahr an Weihnachten mal nicht mit der ganzen Verwandtschaft im Schloss feiern zu müssen. Ida freute sich auf ein gutes Buch, ein Glas Wein in ihrer Wohnung und Spaziergänge durch die leeren Straßen der Innenstadt, während ihre Mitmenschen sich zu Hause Weihnachtsgänsen und Geschenkeschlachten widmeten.

Sollte sie sich an Weihnachten sogar einen kleinen Tannenbaum gönnen? Die freien Tage würde sie für die Planung eines Frühlingsbasars des

Kinderhilfswerks nutzen, für welches sie arbeitete. Nur wenige dort kannten ihre wahre Identität. Sie hielt sich lieber im Hintergrund, wusste aber, wie sie ihre Kontakte zu finanziell gut aufgestellten Verwandten und Bekannten für Spenden und potenzielle Förderungen ausschöpfen konnte.

Ein Windzug streifte durch ihre Haare. Sie hatte fast vergessen, wie zugig es in dieser großen Empfangshalle war. Eine moderne Heizung und Kamine gab es nur in den oberen privaten Räumlichkeiten sowie im Büro ihres Vaters in der unteren Etage.

»Hanka, bitte bringe mir den Tee doch auf mein Schreibzimmer.«

»Gerne, Frau Grä... Ida.« Hanka deutete einen Knicks an und verschwand durch einen schmalen Gang in die Küche.

Ida stieg die Treppe zu ihren Privatgemächern empor und schlenderte an den Porträtbildern ihrer Vorfahren vorbei, ohne ihnen weitere Beachtung zu schenken. In ein paar Tagen würde sie sich genügend mit deren Geschichte beschäftigen, um für die Fragestunde mit den Gästen vollends vorbereitet zu sein.

Eine Lücke klaffte dort, wo einst ein großes Gemälde gehangen hatte, das sie mit ihren Großeltern, Eltern und Geschwistern zeigte. Nach einem ausgeuferten Streit aller Porträtierten hatte ihr Vater es vor das Archiv umhängen lassen. Sie öffnete die Tür zu ihrer kleinen Suite und eine wohlige Wärme strahlte ihr vom Kamin entgegen. *Die gute Hanka hatte aber auch an alles gedacht!* Sie beschloss, ihre Reisetasche auszupacken, damit sie bald ins Dorf fahren und ihrer langjährigen Schulfreundin Melanie einen Besuch abstatten konnte.

## Kapitel 3

Begeistert blickte Charlotte sich im Hotelzimmer um, das ihr Arbeitgeber für sie gebucht hatte. Über dem Bett hingen zwei Aquarelle. Eines zeigte den kleinen Ort mit seinem berühmten Bach, der die Grenze zur Nachbargemeinde markierte. Auf dem anderen Bild war das Schloss Bergfels zu sehen. Für Charlottes Geschmack war es ein wenig zu übertrieben dargestellt. Das Gebäude wirkte überdimensional groß, zudem war ein Backsteinturm eingefügt, der definitiv nicht zu dem Schloss gehörte und nur der Fantasie des Malers entsprungen sein konnte.

Schnell hatte sie ihre Kleidung im Schrank aufgehängt und ihre Kosmetiktasche im Bad verstaut. Dank der Marktfrau musste sie sich um einen Imbiss keine Gedanken machen, also beschloss sie, sich ein wenig auf ihren Besuch im Schlossarchiv vorzubereiten, der in vier Tagen stattfinden sollte. Sie hoffte, dass sie neben den vorab eingereichten Fragen noch ein paar zusätzliche Auskünfte aus dem Grafen würde herauskitzeln können. Sie ermahnte sich, ihre Recherchen für die Dissertation hintenan zu stellen und erst die Fragen für ihren Artikel durchzugehen.

Sie musste den alten Herrn so aus der Reserve locken, dass er ein paar pikante Details ausplauderte, und versuchen, das Gespräch auf die Gerüchte zu lenken, die in der Klatschpresse umhergingen: Der Sohn des Grafen, dessen Verlobung mit einer Prinzessin die Schlagzeilen füllte, schien ziemlich oft die Nähe einer italienischen Schlagersängerin zu suchen und sich in einer Villa in der

Toskana ein Liebesnest gebaut zu haben. Die Überschrift sah sie schon vor ihrem inneren Auge:

*»Neuigkeiten aus Schloss Bergfels:*
*Graf von Bergfels-Blumenheide im persönlichen*
*Gespräch mit unserer Autorin Charlotte Weinhold«*

Auch wenn ihr Chef ihren Namen nur unter den Artikel setzen und aus der Überschrift streichen würde. Und natürlich war Charlotte nicht so dumm zu glauben, dass der Graf einer jungen Redakteurin die Liebschaft seines Sohnes gestehen würde. Doch sie war frohen Mutes, dass sie ihm wenigstens eine kurze persönliche Stellungnahme entlocken könnte, wenn sie es geschickt anstellte. Was sollte schon schiefgehen?

Das Klingeln ihres Handys riss sie aus ihren Überlegungen. Das war sicher ihre Mutter. Seufzend nahm sie das Gespräch entgegen.

»Charlotte, du wolltest dich doch sofort melden, wenn du angekommen bist!«, ertönte die besorgte Stimme ihrer Mutter.

»Mama, ich hätte mich heute Abend schon noch gemeldet. Ich habe gerade erst mein Hotelzimmer bezogen. Und ich bin hier in der Zivilisation und nicht im Nirgendwo! Stell dir vor, das Hotelzimmer ist größer und schicker als mein Einzimmerapartment in der Stadt. Richtig schade, dass ich nur ein paar Tage hier verbringen werde.«

Charlotte blickte aus dem Fenster und sah wie Schneeflocken federgleich durch die Luft schwebten. *Möglicherweise komme ich doch noch dazu, ein Foto vom schneebedeckten Schloss zu schießen.*

»Ja, aber trotzdem ist es eine verrückte Idee, dich allein auf so einen weiten Weg zu machen, nur um einen Grafen auszufragen.«

Charlotte bereute, dass sie ihren Eltern im Eifer des Gefechts von ihrem Vorhaben berichtet hatte. Zu sehr hatte die Vorstellung, den Grafen persönlich kennenzulernen und das Schloss besuchen zu dürfen, sie verzückt. Der Pessimismus ihrer Mutter nervte sie. Gleichwohl zermarterte Charlotte sich schon seit Tagen den Kopf, wie sie dem Grafen Infos aus erster Hand entlocken könnte.

»Mama, mach dir keine Sorgen. Wozu habe ich denn während meines Studiums nebenbei diverse Seminare zu Interviewmethoden besucht und Techniken personalisierter Interviews erworben? Das muss sich doch irgendwann auch mal bezahlt machen. Ich bekomme das hin«, erklärte sie voller Optimismus. »Und wenn ich schnell bin und mit meinem Handy noch ein Foto aufnehmen kann, das den Grafen in ehrwürdiger Pose in seinem Schloss zeigt, habe ich genug Material in der Hand«, führte sie weiter aus. Sie würde dem Artikel ein paar wortreiche Ausschmückungen hinzufügen. Das müsste ihren Chef zufriedenstellen.

»Lass uns morgen wieder telefonieren. Ich möchte jetzt ein wenig ausruhen. Ich melde mich, okay?« Das wirkte. Ihre Mutter schickte noch ein paar Ratschläge durch die Leitung, bevor sie das Gespräch beendeten.

Sie wusste, dass ihre Mutter es nur gut meinte und sich Sorgen machte. Dabei hatte sie ihren Eltern gar nicht von der zweiten ihr aufgetragenen Aufgabe berichtet. Diese bereitete ihr ernsthaft

Magenschmerzen: Sie sollte Informationen über Flordelis Mathilde Ida Gräfin von Bergfels-Blumenheide auftreiben. Denn über die Zweitgeborene des Hauses war wenig bekannt und es gab kaum brauchbare Fotos von ihr – bis auf ältere Familienfotos, die zu feierlichen Anlässen in der Presse veröffentlicht worden waren. Wo sollte sie da mit den Nachforschungen anfangen?

Die Suchmaschinen landeten immer bei dem Stammbaum der Grafenfamilie, es gab keine Anzeichen für einen Social-Media-Account. Wenn der Graf so einen guten Draht zu seinen Töchtern hatte wie sie selbst zu ihrem eigenen Vater, dann würde es auch schwer werden, aus ihm Infos herauszubekommen.

## Kapitel 4

Idas Mundwinkel taten vom vielen Lachen weh und ihre Wangen glühten. Der Alkohol war ihr zu Kopf gestiegen. Aber sie konnte einfach nicht Nein sagen, wenn ihre langjährige Schulkameradin und beste Freundin Melanie eine Runde durch ihr Café drehte und den letzten Gästen den selbstgemachten Rumtopf als Absacker vor dem Heimweg anbot.

»Das war jetzt wirklich die letzte Runde, sonst sitzen wir morgen früh noch hier.« Melanie ließ sich erschöpft neben Ida auf der Holzbank nieder. »Dabei muss ich dringend meinen Kleiderschrank durchgehen und nach was ›Schickem‹ suchen.« Sie zeichnete mit ihren Fingern Anführungszeichen in die Luft. »Ich habe zwar vor drei Jahren für die Silberhochzeit von Klaus' Eltern ein Kostüm gekauft, aber ich glaube, das passt nicht mehr. Also brauche ich wohl oder übel ein neues Outfit.«

»Steht bei euch eine Feier an?«, frage Ida, bereute es aber sogleich. Schließlich musste nicht immer eine besondere Gelegenheit anstehen, um sich etwas Neues zum Anziehen zu kaufen.

»Nein, Mama rundet erst nächstes Jahr. Aber Susanne möchte das jährliche Geschwisterfoto, das wir unseren Eltern zu Weihnachten schenken, aus der Reihe fallen lassen. Sie will, dass wir aufgehübscht zum Fotoshooting kommen. Klaus hat gesagt, er geht in Jeans und Sweatshirt dahin.« Ida konnte sich leibhaftig vorstellen, wie Melanies Mann aus Trotz in alten und abgewetzten Klamotten vor der Kamera posierte.

»Und was sagen die anderen dazu?«, fragte sie. Schließlich hatten Melanie und Susanne noch vier andere Geschwister.

»Die finden das super. War klar, die haben ja auch Kohle und Klamotten ohne Ende.« Melanie seufzte laut auf. »Wo soll ich denn was Schickes kaufen? Meinst du, dass ich bei Frau Seidel im Laden was finde? Oder im Kostümverleih im Nachbarort?«

Ida schüttelte den Kopf. »Ganz bestimmt nicht.« Bei Frau Seidel gab es Mode für die reifere Frau ab 60, hauptsächlich handelte es sich dabei um Strickwaren in Pastellfarben. Sie musterte ihre Freundin und in Gedanken lief sie ihren begehbaren Kleiderschrank im Schloss ab, in welchem viele edle Stücke auf ihre Präsentation warteten. »Weißt du was? Ich schau mal bei mir nach. Irgendetwas Passendes werde ich bestimmt für dich haben.«

»Aber du bist größer als ich«, warf Melanie ein.

Ida winkte ab. »Notfalls kürzen wir halt! Wann ist denn das Fotoshooting?«

»Morgen.« Melanie zog eine Grimasse. »Ich hatte es total vergessen, war zu viel los bei uns. Susanne ist am späten Nachmittag ohnehin im Nachbarort und hat daher dort einen Termin im Fotostudio reserviert. Sie wählt immer den praktischsten Weg, bei dem sie am besten wegkommt und nicht viel Arbeit, Zeit oder Geld investieren muss«, beklagte sich Melanie.

»Dann begleite mich gleich nach Hause. Wir suchen dir ein Kleid oder Kostüm heraus, dann bleibt noch genug Zeit zum Kürzen.«

»Ida von und zu! Du glaubst doch nicht im Ernst, dass unser Nähstübchen für mich Normalbürgerin morgen früh Zeit findet. Wahrscheinlich muss die alte Frau Schneider erst mal das passende Nähgarn für deine Kleidung besorgen.«

Ida winkte ab. »An Frau Schneider habe ich gar nicht gedacht. Hanka kann es für dich kürzen. Sie hat schon oft unsere Kleidung umgenäht oder gekürzt.«

»Echt?« Für eine Sekunde leuchteten Melanies Augen auf, aber schnell legte sich wieder ein Schleier über ihr Gesicht. »Das kann ich doch gar nicht bezahlen. Vor allem wegen der Einbußen, die ich haben werde, wenn ich morgen das Café früher schließen muss, um pünktlich das Fotostudio zu erreichen.«

»Das wirst du auch nicht. Weder das eine noch das andere«, sagte Ida. »Ich halte hier die Stellung. Tina kann mir helfen. Die paar Stunden wird schon nichts schiefgehen.«

Melanie sah ein wenig skeptisch aus.

»Traust du mir nicht? Als du das Café eröffnet hattest, habe ich dir ausgeholfen, schon vergessen?«

»Das ist mehr als 15 Jahre her und damals gab es noch nicht diese teuren Barista-Maschinen«, murmelte Melanie. Letztlich willigte sie jedoch ein. »Was soll's? Wird schon klappen.«

»Du wirst es nicht bereuen, ich gebe mein Bestes«, versprach Ida. »Und jetzt sieh zu, dass die letzten Gäste das Café verlassen, damit wir für dich was zum Anziehen finden!«

»Dann nehmen wir aber meinen Wagen, ich hab nur ausgeschenkt und nichts getrunken. Ich kraxle nicht den Berg zu eurem Schloss hoch.«

## Kapitel 5

»Ich habe ganz vergessen, dass heute unsere neue Reinigungskraft anfängt. Sie muss jede Minute eintreffen. Sie soll unbedingt den Eingang wischen und die Tische vor dem Kamin drüben, damit ich später noch alles für die morgige Trauergemeinde eindecken kann. Warte mal!« Melanie verschwand in der Küche und kam ein paar Sekunden später mit einem DIN-A4-Bogen wieder zurück. »Hier steht drauf, wo alles ist, da dürfte sie keine Schwierigkeiten haben.«

Melanie blies die Wangen auf und sah trotz des leichten Rouges auf den Wangen und dem Hauch von Lidschatten, der ihre blauen Augen hervorhob, ziemlich fertig aus. »Sag ihr, dass ich gegen 17 Uhr spätestens wieder zurück bin, damit wir uns näher kennenlernen können.«

»Du hast sie noch nicht gesehen?«

»Nein, wir haben nur telefoniert. Sie ist erst gestern in unseren Ort umgezogen und hat über Frau Müller im Supermarkt von der freien Stelle hier gehört.«

»Hat die neue Kraft auch einen Namen?«

»Ach so, ja, natürlich. Maria. Maria Hofner.« Melanie seufzte. »Ich hätte das Fotoshooting absagen sollen.« Sie legte ihre Stirn so stark in Falten, dass Ida Sorge um das Make-up bekam.

»Ich werde das schon hinbekommen«, erwiderte Ida genervt. »Wenn du noch länger trödelst, kommst du zu spät zum Fotoshooting. Und reib dir nicht über die Augen, sonst verwischst du das ganze schöne Make-up, das ich aufgetragen habe.«

»Ja, Mama.«

»Und noch was …«

»Ja?«

»Du siehst toll aus! Das Kleid steht dir, du siehst aus wie eine reiche Adelige. Klaus wird zweimal hinschauen, wenn er dich sieht, jede Wette! Und Linus wird seine Mutter suchen, da er dich gar nicht erkennen wird.« Mit dieser Aussage zauberte sie ein Strahlen auf Melanies Gesicht.

»Wirklich?«

»Ja, das ist mein voller Ernst.« Ida nickte zur Bekräftigung ihrer Worte. »Und der lieben Susanne werden zur Abwechslung mal die Augen vor Neid ausfallen.«

»Oh ja, bitte!«

Was Ida ihrer Freundin nicht verriet, war, dass sie Klaus heimlich einen stattlichen Anzug ihres Bruders untergeschoben hatte. Und für den kleinen Linus hatte sie aus der Truhe mit den Trachten, die sie als Kinder getragen hatten, einen feschen Janker rausgesucht. Melanie würde staunen!

»Hoffentlich ist Klaus pünktlich in der Kita und bummelt unterwegs nicht mit Linus herum«, sorgte Melanie sich jetzt, als ob sie Idas Gedanken erraten hätte.

Ida schob ihre Ballonmütze zurecht, unter der sie ihren blonden Haarknoten verstaut hatte. Ein Stück Stroh rieselte herunter. Schnell hob sie es auf. Bei den gemeinsamen Aufräumarbeiten mit Georg hatte sie komplett die Zeit vergessen. Es war ungeheuerlich, dass ihr Vater den alten Georg allein mit den

Aufgaben im Stalltrakt betraut hatte, wo doch schon in einer Woche die Renovierungsarbeiten der Stallungen beginnen sollten. Hanka, die gute Seele, hatte sie zum Glück daran erinnert, dass Melanie auf sie wartete, sonst wäre ihre Freundin jetzt zu Recht sauer auf sie. In ihren Jeans und dem alten Fleece-Pullover kam sie sich neben Melanie allerdings richtig schäbig vor. Aber ihr hatte die Zeit zum Umziehen gefehlt. Eilig hatte sie von Hanka das geänderte Kleid entgegengenommen und lediglich ihre Reitstiefel gegen die klobigen Wanderschuhe getauscht, die sie in der Sattelkammer gefunden hatte.

»Tina kommt in einer Stunde dazu, dann bist du nicht allein hier«, erklärte ihre Freundin und griff nach der silbernen Clutch, die Ida ihr ebenfalls geliehen hatte. »Viel passt ja nicht rein in so ein Ding.« Ida hielt ihrer Freundin die Tür auf, doch Melanie machte noch immer keine Anstalten zu gehen. »Total unpraktisch, wenn du mich fragst.«

Nur flüchtig fiel Idas Blick auf eine junge Frau, die zögernd vor dem Café stand, während Melanie weiter lamentierte: »Mensch, der Eingang sieht aus!

Alles nass und die ganzen Fußspuren … Da muss ich ganz schön aufpassen, dass ich mit den teuren Schuhen nicht ausrutsche.« Überzogen trippelte sie auf den Zehenspitzen herum.

»Ja, Frau Gräfin«, scherzte Ida und deutete eine leichte Verbeugung an. »Wenn Sie wieder zurück sind, wird unsere neue Putzhilfe alles blitzeblank gewienert haben.«

»Du Spinnerin!«

»Entschuldigung, ich …« Die junge Frau vor dem Eingang hüstelte und schob sich die Pudelmütze aus der Stirn.

»Nur hereinspaziert, es ist geöffnet«, grüßte Melanie und machte eine einladende Handbewegung.

*So eine schlanke, anmutige Erscheinung, obendrein ein wunderschönes Gesicht,* dachte Ida bei sich. Sie trat einen Schritt zurück, um den Weg freizumachen, und betrachtete die Eintretende mit intensiven Blicken. *Hohe Wangenknochen und rehbraune Augen, wow!*

Die junge Frau schritt durch die Tür, die Ida immer noch aufhielt, drehte sich dabei im Gehen zu

Melanie um und rutschte – Platsch! – auf dem nassen Boden aus.

Erschrocken schlug Ida sich die Hand vor den Mund, unfähig, etwas zu tun oder zu sagen, während ihre Freundin sich bereits hinunterbeugte und der jungen Frau helfend unter den Arm griff.

»Herrjemine, haben Sie sich wehgetan?«, fragte Melanie besorgt, doch die junge Frau grummelte nur vor sich hin, bevor sie ihrem Unmut freien Lauf ließ: »Hier sollte wirklich mal gewischt werden.«

Das schien das Stichwort für Melanie gewesen zu sein. »Ach, Sie sind die Putzhilfe? Schön, dass Sie pünktlich sind. Wir haben gerade über Sie gesprochen.«

»Äh, ich …« Die Frau schien einen Augenblick zu zögern, als wolle sie sich den Job noch einmal überlegen. »Ja, bin ich«, sagte sie und nickte heftig mit dem Kopf. »Entschuldigen Sie meine Neugier, Frau Gräfin von Bergfels-Blumenheide?«, sprach sie Melanie direkt an, die errötete und loskicherte wie ein junges Mädchen. »Ich bin …«

Doch Ida fiel ihr ins Wort, bevor Melanie die Situation erklären konnte: »Ja, Ida …, ich meine, die Frau Gräfin ist spät dran, sie muss zu ihrem nächsten Termin. Der Fotograf wartet sicher schon.«

Verdattert blickte Melanie zu ihr hoch, aber Ida schob sie mit Nachdruck auf die Straße und flüsterte ihr ins Ohr: »Und komm mir bloß nicht um 17 Uhr zurück, hörst du?«

Sie beschloss kurzerhand, das Missverständnis nicht aufzuklären. So hätte sie vielleicht die Chance, die Frau näher kennenzulernen – ohne sie gleich zu verschrecken oder mit Vorurteilen konfrontiert zu werden. Sie war gänzlich unromantisch und glaubte nicht an so verrückte Dinge wie Liebe auf den ersten Blick. Doch irgendetwas faszinierte sie an dieser Maria. Es war ihr, als würde sie etwas verpassen, würde sie nicht die Bekanntschaft mit dieser Fremden schließen, die mit Schwung und voller Elan vor Idas Füße gesegelt war.

»Aber…«, setzte Melanie an, doch ihre Freundin kam ihr zuvor: »Und ich hab jetzt keine Zeit für dich,

Ida, du siehst ja, dass unsere neue Reinigungskraft eingewiesen werden muss«, sagte sie abschließend und fühlte sich in dem Moment voll und ganz wie eine verantwortungsbewusste Café-Besitzerin.

### Kapitel 6

So was Blödes. Da traf sie die Gräfin von Bergfels-Blumenheide, eben die Tochter der Familie, über welche sich ihr Chef nähere Informationen wünschte, höchstpersönlich und bekam kein Wort heraus. Diese wunderschön gekleidete Person musste die Zweitgeborene gewesen sein, Flordelis Mathilde Ida von Bergfels-Blumenheide. Ein wenig Ähnlichkeit mit der jungen Frau auf den uralten Fotos im Netz lag vor. Nur zu gerne hätte Charlotte den samtigen, schweren Stoff des Kleides berührt. So was Edles!

Immerhin war sie jetzt zu einem weiteren Job gekommen. So konnte sie schon mal testen, wie es sich anfühlte, wenn nichts aus dem Interview und ihrer Dissertation werden würde und sie ihren Lebensunterhalt mit Putzen verdienen müsste.

Nein! So weit würde es nicht kommen, hatte sie doch blitzschnell geschaltet. Schließlich schien diese Café-Besitzerin mit der komischen Mütze und den Strohresten in den Haaren eine Freundin der Gräfin zu sein. Zumindest hatten sie sich geduzt und beim Vornamen genannt. Vielleicht konnte sie so an ein paar Hintergrundinformationen kommen?

»Maria Hofner, richtig? Ich bin Melanie, die Cafébesitzerin«, stellte ihr Gegenüber sich mit einem einnehmenden Lächeln vor.

Charlotte nickte und schickte ein Stoßgebet in den Himmel, dass in diesem Moment bloß nicht die echte Maria auftauchte.

»Ja, genau. Sie können mich Maria nennen«, erwiderte sie mit fester Stimme. »Womit soll ich denn loslegen? Vielleicht zunächst den Eingang wischen, bevor sich noch andere Gäste hinlegen?«

Wenn sie sich bei dem verwahrlosten Anblick der Chefin überhaupt hineintrauten. Charlotte schüttelte den Kopf. *Ich sollte froh sein. Je mehr ich hier zu tun habe und je länger ich mich hier aufhalte, umso mehr Gelegenheiten habe ich, diese Melanie auszufragen.*

Bereits nach einer Stunde wusste Charlotte: Sie würde nie eine tüchtige Reinigungskraft abgeben. Ihre Arme schmerzten von dem schweren Wischmopp, mit dem sie den Fußboden des Cafés reinigte. Kaum hatte sie den Eingangsbereich von dem Schneematsch befreit, spazierten neue Gäste herein. Sie hätte ausflippen können! Dank des Tauwetters war ihre Stimmung auf den Nullpunkt gesunken, rückte doch ihr Foto vom schneebedeckten Schloss in weite Ferne.

Inzwischen war Tina, die Aushilfe, eingetroffen und gleich nach der Ankunft von ihrer Chefin in die Küche beordert worden – warum auch immer. Lautes Lachen drang von dort zu ihr hervor. *Soll ich vielleicht nebenbei noch die Gäste bedienen?*

»Wenn du damit fertig bist, dann wische doch bitte den großen leeren Tisch dort hinten ab. Danach kannst du dich den WCs widmen«, erklang Melanies Stimme.

Ergeben nickte Charlotte und hob den schweren Wassereimer hoch. Morgen würde sie schrecklichen Muskelkater haben. Und ihre Arme wären ein paar Zentimeter länger. Sie freute sich jetzt schon auf die warme Dusche in ihrem Hotelzimmer. Auf Höhe des Tresens wurde Charlotte von der Aushilfe abgefangen.

»Lange machst du aber noch keine Reinigungsarbeiten, oder?«

»Hä?«

»Ist es das erste Mal, dass du putzt? Du hast die Ecken ausgelassen. Und schau dort drüben! Da ist noch eine Pfütze zu sehen. Aber keine Bange, ich sag nichts. Ist ja dein erster Tag hier. Kurzen Moment …«

Sie öffnete eine Schublade und holte ein kleines Heftchen hervor, auf dem *Schutzkonzept mit Hygieneplan für das Café zuzüglich Regeln zum Arbeitsschutz* stand. »Das hilft dir bestimmt weiter. Da steht ziemlich genau drin, wie hier was zu reinigen ist. Das solltest du auswendig lernen. Danach hast du bestimmt keine Probleme mehr mit dem Saubermachen und weißt genau, wo was steht.«

»Das klingt gut, mach ich.« *Herrje! Wie soll ich das schaffen und mich gleichzeitig um das Interview und die Recherchen für meine Dissertation kümmern?*

»Maria? Möchtest du vielleicht eine kurze Pause machen und einen Kaffee mit uns trinken?«, tönte es einige Augenblicke später.

Charlotte drehte sich um, um diese Maria zu orten, doch dann fiel ihr ein, dass sie selbst sich ja als Maria ausgegeben hatte und das Angebot ihr galt.

»Es ist gerade etwas Leerlauf, da können wir die Zeit zum Kennenlernen nutzen«, schlug Melanie vor.

»Ja, gerne. Ich bring das hier nur kurz weg«, sagte sie mit einem Deut in Richtung des Eimers, dessen Henkel sich beim Anheben in ihre Hand einzugraben schien. Sie spülte ihn in dem kleinen Waschraum aus, welcher zwischen Küche und den Gäste-WCs lag. Eine ganze Armada an Reinigungsmitteln stand in den Regalen. Putzlappen, verschiedene Bürsten und Schwämme stapelten sich daneben. Aber keines der Reinigungsmittel sah aus, als würde es sich für die Tische eignen. Sie sollte in das kleine Heft schauen, vielleicht gab es darin eine Antwort. Doch zunächst sollte sie mit ihrer Chefin und Tina den Kaffee trinken.

## Kapitel 7

»Maria? Auch auf einem Spaziergang?« Melanies Stimme klang durch die Stille des kleinen Parks, der direkt hinter dem Hotel lag und dessen Hauptpfad sich später verzweigte. Einer der Nebenpfade führte geradewegs zum Schloss hinauf, wie Charlotte herausgefunden hatte. Eine kleine Erkundungstour an der frischen Luft war genau das Richtige, um die Gerüche der Putzmittel, die an ihr zu haften schienen, loszuwerden. Mittlerweile hatte es sogar wieder angefangen zu schneien.

»Hm, ja, genau.« Charlotte nickte. »Ich möchte ein wenig den Kopf freibekommen von der Arbeit.«

»Du möchtest sicher den Weg zum Schloss hinauf gehen?«, vermutete ihre Chefin richtig. »In der Dämmerung sieht es wirklich prächtig aus.«

Konnte Charlotte ihr sagen, dass sie dorthin unterwegs war? Zweifel, ob sie ihre Lüge weiterhin aufrechthalten konnte, nagten an ihr. Irgendwann würde sich sicher die richtige neue Reinigungskraft bei ihr melden oder es sprach sich herum, dass

Charlotte in der Hotelpension untergekommen war und ihr den Job weggenommen hatte. Allerspätestens aber, wenn sie zur Archivführung im Schloss auftauchte und die Gräfin aus welchem Grund auch immer doch vor Ort wäre und sie erkannte, würde ihre Farce auffliegen.

»Zeigst du mir den Weg? Ich habe schon überlegt, umzukehren, aus Angst, mich zu verlaufen. Die kleinen Pfade sehen alle gleich aus.«

»Lass uns hier entlanggehen, der Weg ist leichter zu laufen und auch ein wenig beleuchtet.« Melanie deutete mit dem Kopf zu einem versteckten Pfad, der bei genauerem Hinsehen geteert war. *Ein paar Minuten sammeln, dann gestehe ich ihr, dass ich nicht ihre Reinigungskraft bin,* nahm Charlotte sich vor.

Sie liefen einen engen, von Büschen gesäumten Pfad entlang, der steil bergauf führte und nach ein paar Metern einen Knick machte. Als sie um die Ecke bogen, ragte auf einmal das Schloss in voller Schönheit vor ihnen empor. Eine Schneedecke lag über dem Gebäude, das dezent von einigen vorteilhaft platzierten Lichtern angestrahlt wurde.

»Wow!« Charlotte verschlug es die Sprache. »Deine Freundin wohnt wahrhaft fürstlich«, entfuhr es ihr nach ein paar Augenblicken der Stille. »Melanie? Wo ...«

Ihre Chefin hatte sich ein wenig zurückgezogen und an einen Wegweiser gelehnt.

»Schön, nicht wahr? Ich mag den Ausblick. Wenn ich von einem langen Arbeitstag gestresst bin und mal eine Pause von dem Café, Mann und Kind brauche, dann schleiche ich mich hinauf und stelle mir vor, wie es da drinnen gerade zugeht. Bald wird die Weihnachtsdeko außen an den Schlossfenstern angebracht. Es ist immer lustig anzuschauen, wenn der alte Georg und die alte Gräfin den Aushilfen vordiktieren, wo welcher Schmuck zu hängen hat.«

»Du kennst sie sicher gut, die Gräfin und ihre Familie?«, versuchte Charlotte erneut, etwas über den Freundschaftsstatus der beiden Frauen in Erfahrung zu bringen.

»Ja, Ida und ich kennen uns seit Kindergartentagen«, antwortete Melanie freimütig und stieß einen tiefen Seufzer aus. »Wo sind bloß die Jahre geblieben?«

*Also hatte ich recht!* Eigentlich wäre das die ideale Chance, weitere Fragen zu stellen, wenn da nur Charlottes Gewissen nicht wäre, das mit jeder Minute mehr an ihr nagte.

»Ihr seid hier spät dran mit der Weihnachtsdeko, nicht wahr? Im ganzen Ort ist noch nicht ein Weihnachtsmann, Goldengel oder Tannenbaum mit Lichterkette zu sehen«, merkte Charlotte an, um schnell das Thema zu wechseln. Sie konnte sie nicht einfach so skrupellos über die Gräfin ausfragen.

»Hier ist es ein ungeschriebenes Gesetz, dass erst nach dem Gedenken an die Verstorbenen am Totensonntag alles festlich und fröhlich geschmückt wird.«

»Oh, und da halten sich wirklich alle dran?« Charlotte staunte. »Muss das toll und romantisch sein, Weihnachten im Schloss zu verbringen! Ich liebe Weihnachten! Ich kann das warme Feuerchen im Kamin förmlich bis hierher knistern hören.« Innerlich zerrissen zwischen ihrem Job und ihrem

42

moralischen Kompass räusperte sie sich. Sie sollte nicht … Aber hatte sie denn eine andere Wahl, wenn sie ihren Job in der Redaktion behalten wollte? »Du könntest doch sicher bei Ida klingeln, wenn dir danach zumute ist?« *Oder wird an der Schlosstür angeklopft? Was ist denn so üblich bei einem Schlossbesuch?*

»Oder musst du dich jedes Mal vorher bei ihr anmelden?« Sie konnte ihre Neugier einfach nicht zügeln.

Melanie lachte ein schönes, ansteckendes Lachen. Obwohl Charlotte gar nicht wusste, was so lustig war, musste sie mitlachen. Sie fühlte sich in der Gegenwart ihrer Chefin unglaublich wohl, wie ihr gerade bewusst wurde. *Nur noch ein bisschen, dann sage ich es ihr.*

»Sie hat eine Kammerzofe oder einen Diener, der mit dir Verabredungen abmacht?«, dachte Charlotte laut.

»Nein, oh Gott. So was …« Melanie bekam durch die Kombination aus Lachen und Reden einen Schluckauf. »… hat sie nicht, nein!«

*Wie niedlich!*

»Eine Kammerzofe! Das ist gut!« Erneut schüttelte ein Hicksen ihren Körper. »So ... so was hat Ida nicht«, wiederholte sie. »Sie ist bodenständig. Schade, dass sie heute ... zum Fotoshooting ist.« Sie atmete hörbar tief durch und schien in sich hineinzuhorchen. Wenige Augenblicke später hatte sie sich beruhigt und der Schluckauf war verschwunden. »Ist er weg? Na endlich. Was wollte ich sagen? Ach so: Wäre sie heute zu Hause, hättest du dich selbst überzeugen können.« Sie zwinkerte Charlotte zu. »Komm, lass uns lieber zurückgehen. Der Schnee fällt mir zu heftig, schau mal, unsere Mäntel sind schon ganz eingeschneit.«

Sie näherte sich Charlotte und klopfte zaghaft die weiße Pracht von ihren Schultern. Dabei kam sie ihr ziemlich nah und Charlotte hielt unwillkürlich den Atem an. *Wäre ich eine Schneefrau, dann würde ich jetzt schmelzen,* dachte Charlotte bei sich.

»Alles gut bei dir?« Melanie hatte einen Handschuh ausgezogen und berührte ihre Wange. Es war ein schönes Gefühl, die warme, samtige Hand zu spüren. Melanies Parfüm roch schwer und ein wenig herb. *So riecht kein billiges Duftwasser,* kam ihr in den Sinn. Vielleicht hatte sie es von ihrer Freundin, der Gräfin, geschenkt bekommen und benutzte es jeden Tag, um wenigstens einen Hauch von Wohlstand um sich zu haben und den stressigen Alltag zu vergessen? Sie konnte sich gut in Melanie hineinversetzen und ihr wurde richtig warm ums Herz. *Nein, ich bin nicht hier, um mich zu verlieben!*

Unfähig zu antworten, wich sie Melanies Blick aus. Dabei bemerkte sie, dass von dem Stroh immer noch ein paar Halme in ihren Haaren steckten. Ihre Chefin war wirklich ganz uneitel, schien sie doch neben der Arbeit im Café auch irgendwo in einem Stall auszuhelfen.

»Du musst doch frieren, deine Stiefel sind klatschnass!«, riss Melanie sie aus ihren Überlegungen.

Charlotte sah an sich herunter. Ihre Schuhe waren tatsächlich durchnässt und ihre Füße fühlten sich im Gegensatz zu dem Rest ihres Körpers unangenehm klamm an.

»Du hast wohl recht. Das ist mir gar nicht aufgefallen.« Sie wollte sich umdrehen, aber Melanie hielt immer noch ihre Wange und musterte sie eindringlich. Charlotte schluckte. Die Kulisse hinter der Freundin der Gräfin war filmreif. Ja, genau so stellte Charlotte sich die erste Liebesszene in ihrem historischen Debütroman vor, den sie nach Abschluss ihrer Dissertation für die Lesbenwelt verfassen wollte. Sie holte tief Luft und schloss für eine Sekunde die Augen. Samtige Lippen berührten ihren Mund. Oder war es nur ein Windhauch und der Kuss entsprang ihrer wilden Fantasie? *Das geht nicht. Melanie ist verheiratet mit einem Mann, sie hat einen Sohn und ist eine Cafébesitzerin in einem kleinen Kaff!,* schalt Charlotte sich.

»Du zitterst richtig. Komm, wir bewegen uns, bevor wir hier noch festfrieren!« Melanie umfasste ihre Schultern und schlug mit ihr den Weg hinunter ins Ortszentrum ein. »In welcher Straße wohnst du denn?«

»Im Hotel.« *Gesteh doch endlich!*

Melanie blinzelte verwundert. »Aber du bist doch neu hierhergezogen, wieso wohnst du dann im Hotel?«

»Ich bin nicht … Ich bin keine Reinigungskraft«, gestand Charlotte. »Und ich heiße auch nicht Maria. Ich bin Doktorandin und verdiene meinen Lebensunterhalt bei einer Zeitung. Ich habe einen Interview-Termin in Schloss Bergfels und darf das Archiv für meine Recherchen nutzen.« Sie blieb stehen und hielt Melanie die Hand hin. »Ich heiße Charlotte. Charlotte Weinhold.«

Stechend blickte Melanie sie an und ging auf Abstand. Eilig sprach Charlotte weiter: »Es tut mir leid. Es war eine Verwechslung. Wenn ich ehrlich bin, so dachte ich, dass ich vielleicht über dich an Infos über die Gräfin kommen könnte. Als ich bei meiner Ankunft im Café bemerkt hatte, dass ihr ziemlich eng miteinander seid und euch duzt, ist es mit mir durchgegangen.«

*Uff. Es war raus.* »Mir ist natürlich klar, dass aus den Infos jetzt nichts mehr wird. War eine bescheuerte Idee, ich weiß«, fügte sie an und versuchte so betroffen, aber auch ehrlich und vertrauenswürdig wie irgend möglich dreinzuschauen. Noch immer kam keine Reaktion von Melanie. »Mein Chef wollte unbedingt eine Insider-Story aus dem Schloss haben, da er mich sonst rauswirft. Dann kann ich meine Dissertation vergessen. So hätte ich zwar eine Menge Zeit dafür, aber kein Geld.« *Was erzähle ich denn da? Das wird Melanie total egal sein. Ich bin doch nicht ihr Problem!*

»Boah, du bist mir ja eine!«, entwich es ihrer Kurzzeit-Chefin.

»Ich weiß, du bist sauer. Verstehe ich voll und ganz. Wäre ich auch. Wie gesagt, ich habe mich ein wenig hinreißen lassen. Ich kann mich nur für mein Verhalten entschuldigen!«, erklärte sie sich.


## Kapitel 8

Ida zermarterte sich das Hirn. Der Name dieser jungen Frau sagte ihr rein gar nichts. Jedenfalls konnte sie sich nicht entsinnen, Charlottes Namen bisher in einem der Boulevardblätter, die über den Hochadel berichteten, gelesen zu haben. Auf Nachfrage beichtete Charlotte ihr, in welchem Zeitungshaus sie arbeitete. Immerhin kannte sie es. Eine Freundin von ihr, Theodora, hatte dort einige Zeit gearbeitet, bevor sie bei der Konkurrenz eine Stelle als stellvertretende Chefredakteurin angetreten hatte. Die Einblicke, die Theodora ihr damals in die Arbeit der Klatschzeitung gewährt hatte, waren unbezahlbar. Seitdem blätterte Ida diese Zeitschriften regelmäßig durch. *Kenne deine Feinde.* Darin berichteten immer dieselben gewitzten Medienvertreter über die Adelsfamilien. Und ausgerechnet diese Charlotte sollte einen reißerischen Artikel über ihre Familie schreiben? Ob sie erst seit Kurzem dort arbeitete? In Ida kroch Wut hoch.

»Du merkst gar nicht, dass du von der Zeitung nur ausgenutzt wirst, oder? Dir wird Gott weiß was versprochen und wenn du nicht lieferst, landest du irgendwann auf der Straße«, machte Ida ihrer Empörung Luft. »Jedes reißerische Wörtchen wird von diesen Klatschblättern veröffentlicht, aber glaub nur nicht, dass sie die wahre Autorin nennen.« Fast hätte sie ihrer Tirade noch hinzugefügt, wie gut sie die

Regenbogenpresse und ihre Macher kannte. Sie musste sich beherrschen. Warum war sie so aufgebracht? Es konnte ihr schließlich vollkommen egal sein, dass Ma... Charlotte sich ausnutzen ließ und so zum Spielzeug der Hochglanzpresse wurde. Aus irgendeinem unerklärlichen Grund machte Ida sich aber Gedanken über Charlottes – der Name passte viel besser zu ihr als Maria – weiteren Lebensweg. Das lenkte Ida von den rehbraunen Augen der jungen Frau ab, der sie eben in einem irrsinnigen Anflug von Romantik einen Kuss auf die Lippen gehaucht hatte. *Ich und romantisch?* Das musste an Charlottes Kamin-Schwärmerei gelegen haben, die sie anziehend fand und sie dazu veranlasste, sich ihr auf diese spontane Weise zu nähern.

Dabei sollte sie besser schleunigst über eine Lösung nachdenken, wie sie ihre eigene Lügengeschichte geradebog. Über kurz oder lang würde sie auffliegen. Für einen Augenblick dachte sie daran, Melanie mit der Betreuung der Gäste zu beauftragen, die sich für die Archivführung angemeldet hatten, zu denen offensichtlich auch Charlotte gehörte. Aber diese Möglichkeit verwarf sie schnell wieder. Sie würde sich nur verstricken. Die Familiengeschichte der Grafen von Bergfels-Blumenheide war zu verschachtelt und komplex, das konnte Melanie unmöglich in ein paar Stunden auswendig lernen, auch wenn sie vieles aus Idas Erzählungen wusste und oft im Schloss zu Gast war. Das würde auffallen.

»Ich möchte einfach nicht auf einer Halbtagsstelle hocken, bei der die Profs mich mit Arbeit vollpacken, die nicht einmal in Vollzeit zu schaffen wäre«, verteidigte sich Charlotte. »Und dann noch die Forschung nebenbei!«

»Und was die Zeitung da treibt, ist dir egal? Jetzt bist du zum Beispiel hier und sollst ein Interview für eine Insider-Story führen. Aber ich wette, dass dir schon bei der Fahrt hierher bewusst war, dass du wohl kaum an die Interna gelangen wirst, die dein Chef haben will«, reflektierte Ida. »Dass du jemanden kennenlernen wirst, den du ausnutzen kannst, konntest du da noch nicht wissen. Wie hast du dir das vorgestellt?«

»Ich werde dich und deine Freundschaft zur Gräfin nicht ausnutzen, hab ich ja eben versprochen«, widersprach Charlotte.

»Aber gehen wir mal davon aus, du könntest den Auftrag deines Chefs ausführen. Das ist eine Menge Arbeit. Du musst dich ausführlich vorbereiten, das kostet Zeit. Du bekommst doch hoffentlich dafür einen ordentlichen Zuschlag?«

Charlotte wurde blass.

»Jetzt sag nicht, dass du das alles für lau machst?«

»Nein, das Hotelzimmer zahlt die Zeitung.«

»Und die Fahrtkosten?«, hakte Ida nach. »Und was ist mit Spesen? Sind deine Arbeitsstunden festgehalten worden, sodass du genügend Zeit hast, dich um deine Dissertation zu kümmern? Sonst sehe ich keinen Gewinn in dieser Anstellung. Zumal so der wissenschaftliche Austausch fehlt, den du mit der Kollegschaft an der Uni hättest.«

Ida war unverständlich, warum Charlotte darauf verzichten wollte. »Als WiMi bekämst du leicht Zugang zu Konferenzen und Tagungen, könntest dich um Stipendien oder kleine Drittmittelförderungen bewerben, damit du nach der Doktorarbeit an deinen Themen weiterforschen kannst. Zumindest könnte der Ruf der Betreuer:innen deiner Dissertation dir früher oder später noch von Nutzen sein. Das Wissenschaftszeitvertragsgesetz dürfte bei dir derzeit noch kein Problem darstellen.«

Charlotte schluckte hörbar.

»Sei mir nicht böse, aber für eine einfache Café-Besitzerin hast du einen ganz schönen Durchblick, das muss ich dir lassen. Du klingst wie die Werbebroschüre einer Uni. Hast du studiert?«

Ida fegte den Kommentar mit einer abwinkenden Handbewegung beiseite. »Ich bin halt älter und reich an Lebenserfahrung. Viele meiner Freundinnen haben studiert oder sind an einer Uni beschäftigt. Da bekomme ich so einiges mit.«

»Mensch, manchmal wünschte ich, ich hätte auch so reiche Eltern wie die Gräfin und würde in so einem großen Schloss wohnen!«, entwich es Charlotte. »Sich um nichts kümmern müssen, edle Klamotten tragen, nur die besten Schulen und Unis besuchen ...« Sie schlug sich die Hand vor den Mund. »Von deiner

Freundin, der Gräfin, hörst du wahrscheinlich ständig das Gegenteil?«

»Wie meinst du das? Ach so, klar, du meinst, sie würde sicher vorziehen, völlig unbekannt in einer kleinen Butze zu wohnen oder in Jeans und T-Shirt auf dem Wochenmarkt einkaufen zu gehen, ohne dass Paparazzi hinter dem nächsten Busch lauern? Sicher, sonst würde sie sich auch nicht so verstecken.«

»Ich find es schon komisch, ich konnte sie auf keinem Social-Media-Kanal finden, noch nicht einmal die offiziellen Palastseiten berichten über sie. Und das in diesen Zeiten.«

»Stimmt. Sie lebt wirklich sehr zurückgezogen«, pflichtete Ida ihr bei.

»Erzählst du ihr heute noch, wer ich wirklich bin und warum ich mich als Maria ausgegeben habe?«, brach es zögernd aus Charlotte heraus.

»Nein. Das kannst du ihr schön selbst erzählen, wenn ihr euch im Archiv begegnen solltet. Wenn du dein Versprechen hältst und keinen reißerischen Artikel über Ida oder die Grafenfamilie schreibst, dann würde ich das Ganze auf sich beruhen lassen.«

»Das wird nicht der Fall sein. Die Archivführung wird der Graf vornehmen. So steht es in dem Einladungsschreiben.« Charlotte war die Erleichterung anzuhören. Sie konnte ja nicht wissen, dass Idas Vater nicht vor Ort sein würde.

»Möglich«, tat Ida die Fehlinformation vorerst ab. »Pass auf, Charlotte. Morgen benötige ich unbedingt noch einmal eine Reinigungskraft. Wenn die echte Maria bis dahin nicht aufgetaucht ist, kannst du dich noch einmal nützlich machen. Natürlich bezahlt«, sagte Ida und nahm sich vor, den Lohn aus der gräflichen Privatschatulle zu nehmen, damit Melanie keine zusätzlichen Unkosten hatte.

Trotz der späten Stunde ließ Ida es sich nicht nehmen, bei Melanie vorbeizuschauen. Sie war zu neugierig, wie das Fotoshooting verlaufen war. Nachdem Melanie ausführlich über ihren Nachmittag berichtet und von ihren beiden Männern in Tracht und Anzug geschwärmt hatte, konnte Ida nicht mehr an sich halten und entlarvte Marias wahre Identität.

»Da habt ihr beide ja die gleiche Idee gehabt und euch schön was vorgespielt.« Ihre Freundin schüttelte tadelnd den Kopf. »Und wann gedenkst du, ihr mitzuteilen, dass du die wahre Gräfin bist?«

»Der richtige Zeitpunkt hat sich noch nicht ergeben. Da fällt mir schon was ein.«

Musste Melanie sie wirklich jetzt daran erinnern?

»Ich fühlte mich wie früher in der Schule, wenn wir scherzweise beim Spielen unsere Rollen getauscht haben!« Noch ganz von den Ereignissen des Tages berauscht, purzelten die Worte nur so aus Idas Mund. »Das war ein Spaß, sag ich dir. Mari…, ich meine, Charlotte schien keine Zweifel daran gehabt zu haben, dass ich die Cafébesitzerin bin. Schade, dass sie nur morgen noch einmal zum Putzen kommt. Du möchtest sie wirklich nicht auf Dauer einstellen?«, fragte Ida lachend. »Aber ehrlicherweise wüsste ich auch nicht, wie lange ich das durchhalten und die Gäste bewirten könnte. So ein Stress!«

»Du kannst dich glücklich schätzen, dass Tina mit-
gespielt hat!«

»Ich weiß. Sie hat getan, als wäre ich tatsächlich
ihre Chefin. Und die einzigen Einheimischen waren
ein paar Frauen aus dem Kirchenchor.«

»Die müssen doch dumm aus der Wäsche geguckt
haben, dass du hier arbeitest!«

»Ach was, die habe ich vorsichtshalber eingeweiht.
Sie haben das Spiel sehr genossen, sichtlich Spaß daran gehabt, mich mit Kaffee- und Kuchenbestellun-
gen an den Rand der Verzweiflung zu bringen. Vielleicht wegen meines Angebotes, alles zu spendieren«,
sagte sie augenzwinkernd.

Ida machte eine kurze Pause, ihr war so, als
würde sie den Nachmittag nochmals durchleben.
»Die arme Tina, sie musste mir mit dem Milchauf-
schäumer immer wieder helfen! Ich kam kaum hinterher!«

Sie verschwieg geflissentlich, dass sie einen Groß-
teil der Zeit damit verbracht hatte, Charlotte heimlich
zu beobachten, die, ihre Aufgaben mit unglaublicher
Leichtigkeit und Eleganz erledigt hatte, trotz der

Tatsache, dass sie in Wahrheit keine geübte Reinigungskraft war. »Die übrigen Kaffeesierer waren allesamt Touristen. Wenn Charlotte morgen zum Reinemachen kommt, musst du unbedingt wieder etwas Feines von mir anziehen und meine Rolle spielen, damit sie keinen Verdacht schöpft. Es war so nett mit ihr, wir sind mehrfach ins Plaudern gekommen. Und dann erst unser Gespräch heute Abend ...«

»Plaudern? Sie sollte doch arbeiten und nicht plaudern. Sie gefällt dir, was?«

»Was schaust du mich so an?«

»Sie ist hübsch«, stellte Melanie fest und musterte Ida eingehend, die Hände in die Hüften gestützt.

Ida hätte fast losgepoltert: »Einfach nur hübsch? Sie ist eine Schönheit und zudem noch sehr gebildet!« Aber sie konnte sich noch rechtzeitig auf die Lippen beißen.

»Was rede ich – sie ist jung, schlau und zufällig auch sehr hübsch. Und eine angehende Frau Doktorin«, erriet Melanie ihre Gedanken. »Meinetwegen. Ich gönn dir ja den Spaß«, schob sie hinterher.

»Wunderbar! Weißt du, sie liebt Weihnachten und wollte wissen, ob ich – also du – einfach so bei mir im Schloss anklopfen könntest«, erinnerte Ida sich lachend. »Zu gerne hätte ich sie hineingebeten.«

»Erspar mir weitere Ausführungen deiner Schwärmerei!«, unterbrach Melanie sie und unterdrückte ein Gähnen. »Es ist schon spät und ich vermute, dass der Tag für uns beide anstrengend war. Suchst du mir eines deiner tollen Wildseidenkostüme heraus? Etwas in Dunkelgrün?«

»Ich werde sehen, was ich tun kann.«

»Sonst ist unser Arbeitsverhältnis leider beendet und ich lass dich nicht weiter im Café arbeiten«, alberte Melanie herum.

## Kapitel 9

Am nächsten Tag saß Melanie in einem dunkelgrünen Wildseidenkostüm an einem Fenstertisch im Café und ließ Ida ganz schön schuften. Sie genoss es sichtlich, jede Bestellung einzeln aufzugeben und mal faul aus dem Fenster zu gucken oder nach der Reinigungskraft Ausschau zu halten. *Na warte,* dachte Ida bei sich. *Bei meinem nächsten Besuch ohne Verkleidung werde ich mich revanchieren und mich auch von vorn bis hinten bedienen lassen!* Die Strickrunde, die aus fünf älteren Dorfbewohnerinnen bestand, wusste Bescheid und Tina hielt ein Auge auf andere Einheimische, die eintrafen, um sie ebenfalls einzuweihen.

Ida war aufgeregt. Mehr als beim letzten Mal. Sie hatte nicht schlafen können, war immer nur kurz eingeschlummert, hatte von versprühtem Milchschaum geträumt, der unerklärlicherweise jedes Mal in Charlottes hübschem Dekolleté gelandet war. *Sie wird garantiert nicht mit weit ausgeschnittener Bluse zum Reinigen kommen,* schalt Ida sich. Da! Die Tür öffnete sich.

## Kapitel 10

Charlotte stürmte in das Café und warf Melanie ein kurzes Hallo und eine Entschuldigung fürs Zuspätkommen zu. Die mit Äpfeln und Clementinen gefüllte Tüte, welche sie auf dem Weg bei der netten Obstbäuerin gekauft hatte, legte sie auf den Tisch ab. Das Frühstück musste noch etwas warten.

Schnurstracks lief sie in das kleine Zimmer, um den Eimer zu holen und den Boden zu wischen.

Sie war auf Lücken in dem gräflichen Stammbaum gestoßen und hatte in der Nacht versucht, diese mit Googles Hilfe zu schließen. Vergeblich. Noch eine Sache, der sie im Archiv nachgehen musste, die ihre Liste mit den Stichpunkten verlängerte. Den Wecker hatte sie am Morgen natürlich prompt überhört.

Erst als sie den Feudel auf den Boden klatschte, sah sie die Gräfin in einem dunkelgrünen Kleid am Tisch sitzen. Sollte sie sie spontan grüßen? *Frau Gräfin, es gibt da Lücken in Ihrem Stammbaum.*

Eine Gelegenheit, um mit der Frau ins Gespräch zu kommen, ergab sich aber nicht – musste doch der Gärtner des gräflichen Anwesens samt Jagdhund auftauchen! Mit einem lauten Ruf wurde er von der Gräfin zu sich beordert, dabei erschrak das Vieh und raste mit seinen patschnassen Pfoten quer durch das Café. Es verursachte ein heilloses Durcheinander, warf Charlottes Eimer um und fegte vor lauter Schreck über Tische und Stühle. *Sollten*

*Jagdhunde nicht unerschrocken sein*? Als Charlotte mit dem Aufwischen, dem Putzen der Tische und Stühle und dem Reinigen der WCs fertig war, bemerkte sie, dass die Gräfin sich bereits auf den Heimweg gemacht hatte. *So ein Mist!*

Ihr tat der Rücken weh und sie musste sich auf den Archivbesuch vorbereiten. Der Redaktionschef bombardierte sie jeden Tag mit Unmengen an Mails und Vorschlägen, wie sie an Informationen gelangen könnte. Gefrustet verließ Charlotte am späten Nachmittag das Café.

**Kapitel 11**

Ein wenig nervös musterte Ida die eintrudelnde Gästeschar, die sich mit Kameras und Akten- oder Laptoptaschen in der kleinen Halle vor dem Familienarchiv versammelte. Ein älterer Herr, der erste Ankömmling, hatte sich bereits mit seiner Visitenkarte als emeritierter Hochschullehrer vorgestellt und darum gebeten, bei Idas Vater einen gesonderten Interviewtermin für sein neues Buch zu erhalten.

Ein wenig später war eine junge Frau erschienen, eine Lokalreporterin aus dem Nachbarort. Drei Promovierende von einer renommierten englischen Universität, die Begünstigte einer Förderung der gräflichen Stiftung waren, standen schüchtern etwas abseits. Eine Frau und zwei Männer vom Archivverband unterhielten sich leise. Ida schielte auf die Personenliste, die sie in ihrer Hand hielt.

Einzig die Doktorandin namens Charlotte Weinhold fehlte, die ihr Vater als besonders gut informiert und wissensdurstig bezeichnet hatte. »Sie schreibt ihre Doktorarbeit über unsere Familie und konzentriert sich dabei auf unsere portugiesische Verwandtschaft«, hatte er Ida am Vormittag über seinen Privatsekretär ausrichten lassen. Er selbst war verhindert gewesen, hatte nicht telefonieren können, da er sich morgens stets der ausgiebigen Studie der wichtigsten deutschen und ausländischen Tageszeitungen widmete.

In Ida machte sich Unbehagen breit. Sie hätte gestern die Chance nutzen und Charlotte beichten müssten, dass sie nicht die Café-Besitzerin war. Hoffentlich nahm sie das Versteckspiel mit Humor auf.

Schritte näherten sich. Hanka vorneweg und Ida konnte Charlottes Gestalt hinter ihr ausmachen. »Frau Gräfin, jetzt sind alle Gäste vollzählig. Unser letzter geladener Gast, Frau …«

»Weinhold, ich weiß«, fiel sie Hanka ins Wort, die zur Seite wich und den Blick auf eine perplexe Charlotte freigab.

»Melanie?«, stotterte sie, schien aber schnell eins und eins zusammenzuzählen. »Du bist gar nicht Melanie, sondern Ida«, stellte sie fest.

Hanka schüttelte empört den Kopf und warf mit lauter Stimme energisch ein: »So dürfen Sie nicht mit der Gräfin reden! Für Sie ist sie immer noch Gräfin von Bergfels-Blu…«

»Nein, natürlich kann sie Ida zu mir sagen«, unterbrach Ida die Bedienstete erneut und grinste Charlotte an. Diese schien derweil überhaupt nicht erfreut zu sein, sie zu sehen. Viel eher wirkte sie so, als würde sie am liebsten auf dem Absatz kehrtmachen.

Ida erkannte, dass ihr Plan nicht aufging und Charlotte in dem Versteckspiel offenkundig kein lustiges Intermezzo sah. Nun musste sie zusehen, dass es vor den anderen Gästen nicht zu einem Eklat kam. Sie räusperte sich und warf ein professionelles Lächeln in die Runde. Später könnten sie sich immer noch aussprechen. »Liebe Gäste, ich freue mich, Sie im Namen meines Vaters, Graf von Bergfels-Blumenheide, hier auf Schloss Bergfels begrüßen zu dürfen. Mein Name ist Flordelis Mathilde Ida Gräfin von Bergfels-Blumenheide. Ich bin die älteste Tochter der Familie und werde Sie heute anstelle des Grafen beehren. Sie können sich glücklich schätzen, dass Sie zu den wenigen Auserwählten gehören, die eine Erlaubnis zur Besichtigung unseres Familienarchivs erhalten haben. Ich gehe davon aus, dass Sie alle bereits über ein weites und fundiertes Wissen über meine Familie verfügen, auf dem einen oder anderen Gebiet vielleicht sogar mir mit Ihrer Sachkenntnis überlegen sind …«

Sie pausierte und ließ den Anwesenden Zeit, sich geschmeichelt zu fühlen. »Gleichwohl werde ich kurz einen Einblick in den Stammbaum der Grafen von

Bergfels-Blumenheide geben, bevor ich Ihnen einige Preziosen aus unserer Sammlung vorstelle, die Sie vielleicht interessieren könnten.«

Das Grüppchen nickte zufrieden. Nur Charlotte stand mit versteinerter Miene da. Bei ihrem Anblick verlor Ida für einen Moment den Faden und sie musste sich gehörig zwingen, den von ihr erwarteten Gastgeberpflichten nachzukommen und nicht Charlotte in die Bibliothek zu ziehen, um sich zu erklären.

»Im Anschluss haben Sie die Gelegenheit, Fragen zu stellen und – soweit von uns genehmigt – die von Ihnen gewünschten Archivalien zu begutachten. Wir gewähren Ihnen zwei Stunden für die Einsicht, aber das wissen Sie ja bereits aus dem Schriftverkehr mit Frau Dr. Büchlin, der Assistenzkraft unserer Schlossverwaltung, die Ihnen auch die Verhaltensregeln für den Besuch in unserem Hause zugesandt hat.« Ida fütterte die Gäste mit Informationen über den Stammbaum der Grafenfamilie, der bis ins 14. Jahrhundert zurückreichte, und ließ hier und dort ein paar Anekdoten einfließen, die Frau Dr. Büchlein zusammengetragen hatte. Kurz vor dem Ende ihrer

Ausführungen schritt sie auf ein großes Gemälde zu, welches direkt neben dem Eingang zum Archiv hing und alle Familienmitglieder in äußerst vorteilhaften Posen zeigte.

Über der Familie an der Wand thronte das Geweih eines 22-Enders, den angeblich Idas Urgroßvater auf der letzten von Kaiser Wilhelm II. durchgeführten Treibjagd erlegt hatte. Der Größenunterschied zwischen ihrer kleinen Großmutter und ihrem hünenhaften Großvater, die links und rechts von ihren Schwestern saßen, wurde durch die Sitzpositionen geschickt kaschiert. Der ausladende Busen ihrer jüngsten Schwester und die hageren Schultern der mittleren Schwester wurden von immensen, geschickt drapierten Stoffmassen verborgen. Der durch einen Schlaganfall gelähmte Arm ihres Vaters versteckte sich hinter ihrer Mutter, die schräg vor ihm ihn eleganter, samtiger Robe und mit wahrhaft adeliger Miene aufwartete. Ihr Bruder stand zwischen Vater und Großvater, alle drei in schmucken Uniformen und mit zahlreichen Orden bestückt, und Ida füllte die Lücke zwischen ihrer Mutter und Großmutter.

Großmama trug die Tracht des Örtchens Bergfels, um ihre langjährige Verbundenheit mit der Gemeinde zu präsentieren. Eine schwere Kette mit einem wuchtigen Kreuz sollte ihre Gottgläubigkeit betonen. Ida selbst hatte ein schlankes, mit feinen Brokatfäden besticktes Seidenkleid an. Schlosshund Casimir lag ihr zu Füßen, eine Vorderpfote über die andere gelegt, und kaute zufrieden auf einem Knochen. Auf die Lippen der Porträtierten hatte der Künstler ein einnehmendes Lächeln gezaubert. So eine falsche heile Welt!

*Mein Bruder hat eine Geliebte in Italien, ich bin lesbisch und meine jüngste Schwester rappt in Verkleidung unter einem Alias auf den Bühnen der Welt. Und als ob das nicht reichen würde, plant die andere, ein Tattoo-Studio zu eröffnen, hat jedoch ihr komplettes Erbe verspielt und Steuern hinterzogen, sodass sie erst mal die Füße stillhalten muss.* Dieses ganze Posieren und Vortäuschen falscher Tatsachen! Wenigstens hatte sie selbst ein reines Gewissen und sich bisher nichts vorzuwerfen. Geflissentlich ignorierte sie, dass sie unlängst ein falsches Spiel gespielt und eine junge Frau damit verletzt hatte.

## Kapitel 12

Regen schlug an die Fenster der Redaktion und trug nicht dazu bei, Charlottes Stimmung zu heben. Sie war erst spät nach Hause zurückgekehrt, nachdem sie Bergfels überstürzt verlassen hatte. Obwohl sie von den Vorkommnissen erschöpft war, hatte sie die ganze Nacht nicht schlafen können. Was nicht gerade hilfreich war, da sie mit einer Standpauke ihres Chefs rechnen musste. Denn das Ziel ihrer Reise hatte sie völlig verfehlt.

»Wenn du mir nicht in der Weihnachtsausgabe ein ausführliches Interview mit dem Grafen von Bergfels-Blumenheide oder eine unschlagbare Insider-Story präsentierst, dann bist du gefeuert!«

Ängstlich zog Charlotte den Kopf ein.

»Ich habe doch gesagt, dass er nicht vor Ort und die Gräfin nicht sehr kommunikativ war«, versuchte sie sich zu rechtfertigen. »Ich habe alles Menschenmögliche versucht, um an Infos zu kommen. Mehr ging nicht.«

»Das kannst du deiner Großmutter erzählen, aber nicht mir. Hier!« Ihr Chef warf eine Zeitung mit aufgeschlagenen Stellenanzeigen auf den Tisch.

»Wusstest du, dass der Graf von Bergfels-Blumenheide eine Historikerin sucht, die das Archiv auf Vordermann bringt? Ich gebe dir eine allerletzte Chance. Sonst weiß ich wirklich nicht, warum ich dich hier noch beschäftigen sollte. Wir sind schließlich kein Sozialamt. Schnapp dir den Job und liefere was Vernünftiges ab. Wird so schwer nicht sein, die Bediensteten dort auszufragen und ein wenig herumzuschnüffeln. Du warst ja bereits mal vor Ort.«

»Was?« Charlotte wäre fast vom Stuhl gekippt. »Aber …« Doch ihr Chef hob die Hand. »Kein Aber und keine Ausreden. Du hast mich verstanden.« Und schon war er aus der Tür gerauscht.

Einen Tag später war Charlottes kleines Apartment staubfrei, die Vorhänge und Gardinen gewaschen, die Kochecke blitzte und die Wäsche war sauber und gebügelt im Schrank verstaut. Fast den ganzen Sonnabend hatte Charlotte sich in der Wohnung ausgetobt.

Die ganze Zeit über hatte sie einen inneren Kampf ausgefochten, ob sie Melanie anrufen sollte oder nicht. Gleich neunzehn Uhr. Melanie war eine vielbeschäftigte Frau und hatte genug mit dem Café und ihrer Familie zu tun. Telefonate mit einer Studentin, deren Zukunft offen war und die sich vor Liebeskummer nach einer Gräfin verzehrte, gehörten sicher nicht zu Melanies liebster Feierabendbeschäftigung. Warum war Ida nicht Melanie und umgekehrt?

Seufzend wählte sie Melanies Telefonnummer, die sie inzwischen auswendig kannte. Als sie mit wehenden Fahnen das Hotel in Bergfels verlassen hatte, war sie auf dem Weg zum Bahnhof der Café-Besitzerin über den Weg gelaufen, die ihr einen Zettel in die Hand gedrückt hatte. Achtlos hatte Charlotte damals das Blättchen mit Melanies Rufnummer in den letzten Winkel ihrer Jackentasche gestopft. Ihr war nicht nach Diskussionen mit der falschen Gräfin zumute gewesen. Worüber hätte sie mit ihr reden sollen? Auf dem Heimweg hatte sie ihre abrupte Abfahrt jedoch bereut. Dennoch hatte ihr bisher der

Mut gefehlt, sich bei Melanie zu melden. Es klingelte eine Weile, bis deren abgehetzte Stimme am Telefon zu hören war.

»Ja, hallo?«

»Hi, Melanie.« Was für eine Begrüßung. Sie hätte sich beim Putzen überlegen sollen, was sie sagen wollte. »Ich bin's, Charlotte.«

»Ach, Charlotte, du! Ich dachte schon, du meldest dich gar nicht mehr und hättest meine Rufnummer entsorgt. Einen Augenblick, bitte!« Charlotte hörte Stimmen im Hintergrund und es dauerte eine gefühlte Ewigkeit, bis sie wieder in der Leitung auftauchte.

»Entschuldige, hier ist Chaos angesagt. Die echte Maria ist immer noch nicht aufgetaucht und wegen des Putzens im Café bin ich immer erst spät zu Hause. Möchtest du nicht weiterhin für mich arbeiten?« Melanie machte eine kurze Pause, bevor sie weitersprach: »Nur ein Scherz. Du bist natürlich völlig überqualifiziert.«

»Spaß gemacht hat es trotzdem«, antwortete Charlotte. »Auch wenn ich danach ziemlich k.o. war.«

»Übrigens tut es mir auch leid, dass ich mich als Gräfin ausgegeben habe. Ida hatte so eine kindliche Freude daran, dass ich sie nicht von dem Rollenspiel abhalten wollte«, entschuldigte Melanie sich mit reumütigem Tonfall. »Aber du hast dermaßen schnell die Flucht ergriffen, dass ich gar nicht zu Wort kam.«

»Melanie, ich ... ich weiß auch nicht, warum ich einfach abgehauen bin, ohne mit dir zu reden. Ich wollte nur weg, und war frustriert, da ich mich im Archiv überhaupt nicht auf die Akten konzentrieren konnte. Während der anschließenden Fragestunde habe ich den Mund überhaupt nicht aufbekommen. Ich konnte nicht eine einzige meiner Fragen an Ida richten.«

»Und wie kann ich dir helfen? Soll ich bei Ida nachfragen, ob sie dir Einsicht ins Archiv gewährt?«

»Nein, ich ... Ach, Melanie. Ich weiß auch nicht. Ich muss ständig an sie denken. Aber es tut so weh, sie hat sich einen Spaß erlaubt und mich an der Nase herumgeführt. Ihre Entschuldigung kann sie sich sonst wohin stecken«, purzelten die Worte aus ihr heraus.

»Oh, sie hat sich schon bei dir entschuldigt? Das hat sie mir nicht erzählt.«

»Na, sie hat ein paar Mal in der Redaktion angerufen und wollte mich sprechen. Ich hab mich aber verleugnen lassen.«

»Sieh an.« Melanie schnalzte mit der Zunge.

»Es ist … Mein Chef möchte, dass ich mich auf die freie Stelle im Schlossarchiv bewerbe, damit ich an Insider-Wissen komme. Dabei suchen die nach jemand Seriösem zur Aufarbeitung der Familiengeschichte. Doch mein Chef sieht es als Riesenmöglichkeit, dort herumzuschnüffeln. Wenn ich das nicht tue, dann feuert er mich. Kein Job, kein Geld, tja, vielleicht sollte ich mich tatsächlich nach einer Putzstelle umsehen.«

Charlotte konnte ihre Enttäuschung nicht verbergen, hing doch ihre Zukunft an dieser Stelle.

»Und? Machst du das?«

»Ist sie da?«

»Wie?«

»Ich meine, ist Ida da? Also nicht im Café, aber im Schloss? Das Vorstellungsgespräch ist übermorgen.«

»Nein. Sie ist nach der Führung und eurem Treffen im Schlossarchiv unvermittelt abgereist. Angeblich Probleme wegen des Weihnachtsbasars, die sie nur von der Agentur aus regeln könnte. Wer's glaubt.« Melanie schnaufte ins Telefon. »Sie wird sicher so schnell nicht wieder hier auftauchen.«

»Gut. Denn, wäre Ida da, würde ich mich garantiert nicht zum Vorstellungsgespräch aufmachen. Laut Ausschreibung soll für die Besetzung Frau Dr. Büchlin zuständig sein, die damals die Orga für den Archivbesuch abgewickelt hat, dann scheint diese Info ja zu stimmen.«

»Und du willst wirklich eine reißerische Story schreiben?«

»Was bleibt mir anderes übrig?«

»Dir ist aber bewusst, dass du dich danach nicht mehr hier sehen lassen kannst und die Stelle im Archiv los bist? Abgesehen davon, dass Ida meine beste Freundin ist und ich es nicht ausstehen kann, wenn sie verletzt wird. Bei mir brauchst du dich dann nicht auszuweinen.«

Charlotte nickte.

»Bist du noch dran?«

»Ja. Natürlich ist mir das bewusst. Aber was sollte ich sonst auch mit der Stelle im Archiv anfangen? Sie ist ein hervorragender Vorwand, um mir Zutritt zu verschaffen. Sei mir nicht böse, aber in Bergfels ist der Hund begraben. Ich würde dort versauern.« Sie hatte Melanie eh nur angerufen, um rauszufinden, ob Ida noch im Schloss zugegen war.

»Überleg es dir gut! Mehr sage ich dazu nicht.«

## Kapitel 13

Ida drückte ihr Ohr an die schwere, leicht angelehnte Holztür und lauschte angestrengt dem Einstellungsgespräch, das ihr Vater und Dr. Büchlin im großen Empfangssalon mit Charlotte führten. Es hatte ihrerseits nicht viel Überzeugungskraft gebraucht, damit ihr Vater eine Historikerin für das Archiv einstellte. Schwieriger war es gewesen, ihre Freundin Theodora dazu zu überreden, die Stellenanzeige über ihre alten Kontakte auf dem Tisch von Charlottes Chef auftauchen zu lassen.

Ida hätte in kindlicher Freude eine Polonaise durch das Schloss tanzen können, als ihr bei der Begutachtung der Bewerbungen Charlottes Name ins Auge gefallen war.

»Frau Weinhold, Ihr Dissertationsthema beeindruckt mich sehr. Bislang haben weder meine Eltern noch meine Frau und ich den komplexen Verwandtschaftsverhältnissen des portugiesischen Zweiges unserer Familie Beachtung geschenkt«, führte ihr Vater aus. »Insofern wären Sie die perfekte Besetzung für die Stelle. Natürlich müssen Sie im Rahmen der Familienchronik auch die schrecklichen Seiten des Krieges ausleuchten. Ganz zu schweigen von den adeligen Verbindungen zu Salazar, die der Aufklärung bedürfen, wie Sie in Ihrem Exposé richtig andeuten. Uns ist sehr wohl bewusst, dass unsere Vorfahren nicht immer angemessen gehandelt haben in diesen schweren Zeiten.« Da waren sie, die Klippen, die eine Aufarbeitung mit sich brachte.

Ida wusste, auch wenn Portugal als neutrales Land nicht am Zweiten Weltkrieg teilgenommen hatte, so hatte es damals Banken gegeben, die in den Handel mit dem Raubgold der Nazis verwickelt gewesen waren. Und einige Mitglieder der Familie hatten enge Beziehungen zu ebenjenen Banken gepflegt.

»Sie bekommen die Stelle«, sagte Graf Bergfels-Blumenheide mit gönnerhafter Stimme. Ida vermochte nicht zu atmen. Hielt er sich an die Abmachung, die sie mit ihm getroffen hatte? Für ein paar Sekunden herrschte Totenstille. Zu gerne würde Ida Charlottes Gesichtsausdruck sehen. Wäre sie erfreut oder würde sie einen Rachefeldzug planen, um es Ida heimzuzahlen?

»Allerdings nur unter einer Bedingung«, schallte es volltönig durch den hohen Raum. »Ich habe einige Ihrer Zeitungsartikel gelesen. Ihr Schreibstil gefällt mir. Sie kündigen sofort Ihre Stelle dort und werden den 23. Dezember in unserem Schloss verbringen, um eine wohlwollende Exklusivgeschichte über unsere Familie zu schreiben, mit dem Ziel, allem Klatsch und Tratsch über unser Haus und unsere Familie endlich und für allemal die Stirn zu bieten.« Er räusperte sich. »Mein Sohn und ich werden Ihnen alle Fragen beantworten, die Sie haben, und abschließend wird Ihnen ein Teil unserer Familie für Fotoaufnahmen zur Verfügung stehen. Leider werden meine Töchter zu dem Zeitpunkt nicht anwesend sein«, vernahm Ida seine betrübt klingende Stimme. Er machte eine kurze Pause und Ida hörte ihn etwas trinken.

»Das Ganze wird in einer Sonderausgabe des Adelsmagazins *Innenansichten aus Adelsschlössern* erscheinen, an welchem wir Aktienanteile besitzen und welches einen ausgezeichneten Ruf auch in royalen Kreisen besitzt.«

Ida hätte jubelnd in die Luft springen und laut in die Hände klatschen können. *Papa, ich danke dir!* Ihr Vater hatte ganze Arbeit geleistet und die Bedingung so präsentiert, dass Charlotte einwilligen musste. Er hätte Schauspieler werden sollen. Seine Ausführungen ließen vermuten, dass sie, Ida, nicht im Hause sein würde. Ihre Pläne sahen natürlich anders aus.

Sie würde Charlotte das Interview geben und sie bei der Gelegenheit noch einmal um Verzeihung bitten. Da nahm sie auch in Kauf, den Rest der

Weihnachtstage mit ihrer Familie im Schloss verbringen zu müssen. Charlotte war es ihr allemal wert!

## Kapitel 14

»Dann hab viel Spaß mit der jungen Dame. Ich gönne ihn dir, ernsthaft. Ich hätte nie gedacht, dass du dich mal so stürmisch verlieben würdest. Papa und ich sind vor zehn Uhr abends nicht zurück. Du weißt ja, es gibt eine Menge zu organisieren für das morgige Weihnachtsschießen vor der Christmette.« Idas Bruder warf ihr eine Kusshand zu und verließ lauthals lachend ihre privaten Räumlichkeiten.

Unter normalen Umständen hätte Ida sich wahnsinnig darüber aufgeregt, dass ihr Bruder sich über sie lustig machte. Aber was waren jetzt noch *normale Umstände?* Sie war plötzlich in einen wahren Rausch verfallen, nachdem Charlotte die Stelle angenommen hatte.

Ida hatte zusammen mit Georg und Hanka in ihrem privaten Wohnzimmer im Schloss einen Tannenbaum mit unzähligen Kugeln und samtroten Schleifen aufgestellt. Kerzen, von denen sie einige auch im

Raum verteilt hatte, sorgten für ein funkelndes Lichtspiel. Alle Weihnachtskarten, die sie von der weitläufigen Verwandtschaft sowie Freundinnen und Bekannten erhalten hatte und die sie in der Regel direkt im Papierkorb verschwinden ließ, standen dieses Jahr auf einem der zwei Kaminsimse, unter denen das Feuer knisterte.

Eine vierstöckige Weihnachtspyramide thronte als Blickfang auf der alten verschnörkelten Hochzeitstruhe ihrer Urgroßmutter und die aufsteigende Luft der Kerzen, die an der Außenseite der Pyramide brannten, drehte das Flügelrad geschwind im Uhrzeigersinn. Auf den Tischen lagen gehäkelte, bestickte oder geklöppelte Tischdeckchen. Ein kunstvoll bemaltes Teeservice und zwei kleine Schälchen mit selbstgebackenen Vanillekipferln und Walnussplätzchen, die sie vor ihrer Abfahrt zum Schloss von Theodora zugesteckt bekommen hatte, standen bereit.

In der Kanne dampfte ein Qimen-Tee aus der chinesischen Provinz Anhui, der Beste, den sie hatte auftreiben können, mit einem leicht fruchtigen Aroma und einem Hauch von Pinie.

Pinienkerne! Die hatte sie noch im Wald sammeln und auf den Kaminsims legen wollen. *Zu spät!*

Die Playlist, bestehend aus lauter rührseligen Weihnachtsliedern, wartete darauf, über ihr Smartphone gestartet zu werden. Alles in allem versprühte ihr Wohnzimmer eine heimelige Atmosphäre, in ihren Augen genau richtig für die anstehende Aussprache und das Interview.

Ida schaute auf die große Standuhr, die kurz vor siebzehn Uhr anzeigte. Sie musste sich umziehen, denn bald würde Charlotte eintreffen. Entschieden hatte sie sich für einen Alltagslook, der nicht zu hochtrabend, aber auch nicht zu schlicht anmuten sollte.

Hanka würde Charlotte hineinführen. Danach lag es an ihr selbst, der jungen Frau ein unvergessliches Weihnachten-im-Schloss-Erlebnis zu bereiten!

## Kapitel 15

Charlotte blieb in der Auffahrt von Schloss Bergfels stehen und genoss den imposanten Anblick. Schnee rieselte sachte herab. Mit einem Stirnrunzeln erinnerte sie sich an den Wetterbericht, der für die Weihnachtstage Schneetreiben angekündigt hatte. *Hoffentlich erst übermorgen, wenn ich wieder zu Hause bin.* Mit dem Grafen hatte sie vereinbart, dass sie nach dem Interview und den Fotos zunächst nach Hause fahren würde. So konnte sie die Zeit zwischen den Jahren mit ihren Eltern verbringen und alles für den Umzug ins Schloss planen. Solange sie noch kein Zimmer in Bergfels gefunden hatte, konnte sie in einem Gästezimmer unterkommen. *Umzug ins Schloss – wie das klingt!*

Langsam lief sie weiter und rief sich ihr Gespräch mit Melanie in Erinnerung, mit der sie in dem bereits geschlossenen Café nach der Jobzusage eine geschlagene Stunde lang geredet hatte. Ihr Kopf war voller Fragen gewesen, die sie sich nicht getraut hatte, dem Grafen zu stellen. Überdies hatte sie sich ein weiteres

Mal vergewissern wollen, dass Ida tatsächlich nicht im väterlichen Anwesen verweilte. Ein Zusammentreffen würde sie nicht überleben. Ida hatte sich einen Spaß daraus gemacht und während des gemeinsamen Spaziergangs nur so getan, als würde sie sich für Charlottes berufliche Zukunft interessieren. Dessen war sie sich sicher. Klar, dass es Ida leichtfiel, schlaue Vorschläge zu machen, hatte sie selbst doch keine Geldsorgen – als Gräfin mit einem gepolsterten Bankkonto.

Das Aufeinandertreffen mit Melanie, also mit Ida, der echten Gräfin, im Schloss hatte sie völlig aus der Bahn geworfen. Charlotte konnte sich nur bruchstückhaft an ihren Aufenthalt im Archiv erinnern. Vollends aufgewühlt hatte sie vor den Chroniken der Grafenfamilie gesessen und sich Notizen gemacht, die allesamt unbrauchbar waren. Tags darauf hatte sie die Aufzeichnungen wahllos in ihre Dissertation eingearbeitet, um nicht ständig an Melanie alias Ida denken zu müssen. Nur um sich eine Woche später einen Rüffel ihrer Betreuerin und Gutachterin einzufangen. Alle Quellen waren durcheinander und sie hatte munter die Namen der gräflichen Familie mit denen der angeheirateten königlichen Familie verwechselt. Abgesehen davon hatte sich wie von Geisterhand wahllos Idas Name in ganzer Länge eingeschlichen.

Mehr noch, Charlotte hatte beim Aktualisieren nicht aufgepasst und ein Teil der Fußnoten war schlicht verschwunden. Glücklicherweise war sie im Besitz mehrerer Sicherheitskopien, mit deren Hilfe sie die Verweise aufs Neue hatte einfügen können, doch es war trotzdem ein immenser Aufwand gewesen, alles wieder glattzubügeln. *Schwamm drüber!*

Inzwischen hatte sie eingesehen, dass das Jobangebot nicht so schlecht war, und flugs bei ihrer Redaktion mit sofortiger Wirkung gekündigt.

Heute würde sie nun das Interview mit dem Grafen und seinem Sohn führen und danach stünde ihr das Archiv offen. An diesem großen Bild, das vor dem Archiveingang hing und auf welchem Ida wahrhaft adelig posierte, würde sie raschen Schrittes und mit gesenktem Kopf vorbeihuschen. Und kein mulmiges

Gefühl dabei haben. Das hatte sie sich fest vorgenommen!

Als nunmehr Angestellte durfte sie in aller Seelenruhe ihre Notizen anfertigen, Schriftstücke abfotografieren und in den Beständen herumstöbern. Später, nach der Probezeit, dürfte sie nach Portugal reisen, um das dortige Familienarchiv zu sichten, ebenso wie die übrigen Archive der angeheirateten Verwandtschaft im europäischen Ausland. In ihren kühnsten Träumen rissen sich die Geschichtsforschenden händeringend um ihre Doktorarbeit, die selbstverständlich von einem großen renommierten Verlagshaus gedruckt werden würde!

Sie lief den vom Schnee befreiten Weg zum Nebeneingang des Schlosses entlang, der versteckt hinter dem Haupttrakt lag. Nach ihrem Vorstellungsgespräch hatte Hanka sie diskret auf diesen Eingang hingewiesen. Denn sie hatte unwissend an die große Eingangspforte geklopft – die bei ihrem ersten Schlossbesuch, als Idas Versteckspiel aufgeflogen war, einladend für die Gäste offen gestanden hatte.

*Inzwischen bin ich schlauer, gehöre bald fast zum Inventar des Gebäudes.* Nicht ohne Stolz schmunzelte sie in sich hinein.

Just als sie ihre Hand zur Klingel führte, öffnete Hanka ihr die Tür. Charlotte lag eine Begrüßung auf den Lippen, aber die Bedienstete war schneller und hieß sie mit einem strahlenden Lächeln willkommen.

»Frau Weinhold, Sie sind auf die Minute pünktlich, das ist schön. Kommen Sie herein! Ich zeige Ihnen Ihr Zimmer, bevor ich Sie zum Interview führe.«

Charlotte hatte Schwierigkeiten, Hanka durch die langen Flure des Nebentraktes zu folgen. Nachdem sie etliche Türen durchquert hatten, kamen sie in die große Empfangshalle, die Charlotte von ihren vorherigen Besuchen kannte. Das Gästezimmer war so groß wie ihre gesamte Wohnung. Schnell hatte sie ihre Tasche ausgepackt und sich auf das Bett gesetzt.

*Kein rosafarbenes Himmelbett,* stellte sie ein wenig enttäuscht fest.

Eine halbe Stunde später klopfte es an ihrer Zimmertür.

»Frau Weinhold? Sie werden jetzt erwartet.«

»Einen Moment, ich komme.« Sie warf einen prüfenden Blick in den Spiegel und griff nach ihrer Laptoptasche, die außerdem zwei Diktiergeräte enthielt. Bei wichtigen Interviews stellte sie vorsichtshalber immer zwei Geräte auf, sicher war sicher.

»Ich führe Sie jetzt zum Interview«, erklärte Hanka völlig unnötig. Deswegen war sie ja schließlich hier. »Es gibt Tee und ein wenig Gebäck. Wenn Sie möchten, können Sie nach dem Interview eine Kleinigkeit zu Abend essen.«

Ein Anflug von Nervosität überkam Charlotte. Diese Gelegenheit, die sich ihr heute bot, war einmalig. Dieses Mal hatte sie sich Hankas schnellen Schritten angepasst. Sie näherten sich der großen Treppe und Charlotte linste vorsichtig über die Laptoptasche, die sie an sich gedrückt hielt. *Bloß nicht stolpern und hinunterpurzeln.*

»Nein, Frau Weinhold, hier geht es lang«, hörte sie die Stimme der Bediensteten.

»Oh, ich dachte, das Büro des Grafen liegt unten.«

»Ja, aber das Interview findet in einem anderen, etwas gemütlicheren Raum statt.«

Charlotte schalt sich, weil sie so voreilig gewesen war. Wie konnte sie erwarten, dass sich hier alles in ein und demselben Zimmer abspielte? Das Schloss hatte gefühlt 150 Räume zur Verfügung. *Ist halt doch was anderes als meine kleine Butze.*

Hanka blieb vor einer verschnörkelten Holztür stehen. »Bereit?« Sie lächelte Charlotte aufmunternd zu.

»Hm, bereit!« Charlotte nickte bekräftigend und trat mutig durch die Tür in einen heimeligen, weihnachtlich geschmückten Raum, der in Kerzenschein getaucht war. *White Christmas* spielte leise im Hintergrund und im Kamin knackten Holzspalte.

»Wow«, entfuhr es ihr. »Graf von Bergfels-Blumenheide, entschuldigen Sie meine Offenheit, aber das ist wunderschön, wirklich viel gemütlicher als in Ihrem Büro. Ich bin sprachlos!« Und das war sie in der Tat, denn aus einer Zimmerecke trat nicht der Graf, sondern Ida höchstpersönlich.

Charlotte blickte hilflos zur Tür, aber die war verschlossen und Hanka verschwunden.

»Charlotte? Mein Vater und mein Bruder lassen sich entschuldigen. Sie sind beide, wie immer vor Weihnachten, mit der Organisation des Weihnachtsschießens beschäftigt.«

*Wie immer?*, schoss es Charlotte durch den Kopf. Wie konnte er einen so traditionsreichen Termin vergessen haben, wenn er regelmäßig in seinem Kalender stand? Und warum hatte sie sich nicht selbst an das Schießen erinnert, das seit Jahrzehnten stattfand, wo sie doch in ihrer Dissertation darüber schrieb!

Kopflos lief zu der schweren Tür. Sie stemmte sich dagegen, doch das klobige Teil bewegte sich nicht ein Stückchen. Sie warf sich mit voller Wucht gegen das Holz. Wieder passierte nichts.

»Du hast uns einschließen lassen?« Entsetzen machte sich in ihr breit. »Frau Gräfin kann sich wohl alles erlauben!« Charlotte schnaubte, verschränkte ihre Arme vor der Brust und lehnte sich kurzatmig gegen die Holztür.

»Was musst du für einen Eindruck von mir bekommen haben? Natürlich ist die Tür offen!«

Ida war zu ihr geeilt und drückte die Türklinke hinunter, die sich wie von Geisterhand öffnete. »Aber sie geht nach innen auf.« Charlotte wäre am liebsten im Erdboden versunken.

»Wenn du möchtest, suche ich dir die Baupläne raus, dann kannst du dir in Ruhe ein Bild von dem Gebäude machen«, schlug Ida vor.

»Gerne«, entwich es Charlotte, dabei war sie sich nicht mehr so sicher, ob sie die Stelle überhaupt noch antreten wollte. Melanie und auch der Graf hatten ihr doch versichert, dass Ida nicht zu Hause sein würde – und jetzt das?

»Was uns angeht … Ich gestehe, ich habe unser Treffen so eingefädelt, weil ich dich unbedingt sprechen möchte. Ich hätte mich nach deinem Geständnis, dass du nicht die neue Reinigungskraft für das Café bist, gleich anschließen und meine wahre Identität preisgeben sollen«, entschuldigte sich Ida. »Du bist sicher sehr verletzt und hasst mich dafür.«

Sie war ein paar Schritte nähergekommen und wies auf einen gedeckten Tisch.

»Aber bitte, setz dich doch erst einmal! Möchtest du einen Tee?« Die Frage war wohl eher rhetorisch, denn Ida war längst zum Tisch geeilt und schenkte ihr von der dampfenden Flüssigkeit ein.

*Wenn du denkst, dass ich hier deinen sündhaft teuren Tee trinke und dabei vor Aufregung auf deine handbestickte Tischdecke kleckere, dann hast du dich getäuscht. Den Gefallen tue ich dir nicht.* Auch wenn etwas Warmes guttun würde. Charlotte musterte die Gräfin, die einen feinen Seidenschal um die Schultern trug. Er blieb tatsächlich wie angeklebt an Ort und Stelle, ohne zu verrutschen, wie es bei Charlotte immer der Fall war, wenn sie so etwas mal trug.

»Das ist eine Überrumpelungstaktik«, entwich es ihr. Sie knirschte mit den Zähnen und ließ sich widerwillig in den Stuhl sinken. Und hier bekam *in den Stuhl sinken* eine völlig neue Bedeutung – so bequem und weich war der Bezugsstoff. *So angenehm.*

Nein, sie vermisste die einfachen Holzstühle in ihrer Bude, die ihr eine orthopädisch korrekte, aufrechte Sitzposition abverlangten, auch wenn sie bei jedem Anlehnen und jeder Bewegung das Gefühl vermittelten, gleich zusammenzubrechen.

Indes konnte sie nicht anders und strich mit ihren Fingern über den samtenen Bezug der Armlehnen.

»Stimmt etwas nicht damit?«

Charlotte zuckte zusammen. »Doch, alles in Ordnung. Ich sitze gut.«

»Wollen wir uns erst aussprechen oder möchtest du zunächst das Interview führen? Wenn ich dich schon so überrumpele, sollst du über den Ablauf unseres Treffens entscheiden. Nur zu!«

»Das Interview zuerst.« Vorausgesetzt, sie bekäme noch alle Fragen zusammen.

»Gut, machen wir zuerst das Interview. Die Fotos müssen wir auf morgen verschieben, wenn die ganze Familie hier versammelt ist.«

»Die ganze Familie?«

»Ich gehe davon aus, dass das kein Problem für dich ist? Oder wirst du schon morgen Mittag von deinen Eltern zu Hause erwartet?«

»Nein, es war ja mit dem Grafen abgemacht, dass ich bis morgen Nachmittag hierbleibe.«

»Dann schieß los!«

Hektisch kramte Charlotte nach den Diktiergeräten und holte ihren Laptop heraus. Es dauerte eine Weile, bis alles eingestellt war. Mit jeder Sekunde, die sie für diese Vorbereitungen brauchte, stieg die Panik. Es war ja gar nicht mehr Melanie, die hier saß, sondern Ida. Wie sollte sie sie bloß ansprechen? Nie war ihr der Standesunterschied so bewusst wie in diesem Moment. Sie spürte Idas fragende Blicke auf sich ruhen. Sie räusperte sich.

»Frau Gräfin Florde…«

»Nix da! Ida. Bitte nenn mich Ida.«

Zögernd begann Charlotte mit ihrem Fragenkatalog. Ida antwortete wie aus der Pistole geschossen. Sie kannte wahrlich jedes Detail ihrer

Familiengeschichte und geriet ins Plaudern. Über das Schloss, das ihre Vorfahren von der Königsfamilie des Landes geerbt hatten und der einst ihnen gehörte, sowie über wahre und erfundene Liebesgeschichten ihrer Bewohner.

Ida erzählte immer weiter und sie merkten gar nicht, wie die Zeit verging. Erst als Hanka in der Tür stand und vom angerichteten Abendbrot sprach, spürte sie, wie hungrig sie war. Längst waren die Kekse und der Tee verputzt.

Charlotte hatte mittlerweile verstanden, dass Ida mit ihrem kleinen Schauspiel keine bösen Absichten verfolgt hatte. Sie war eine gebildete Person, die voller Witz und mit vielen Anekdoten über ihren Stammbaum und die Verwandten berichtete, ohne auch nur einen von ihnen in ein schlechtes Licht zu rücken. Und das sollte erst mal jemand hinbekommen bei der turbulenten Familiengeschichte, die sie ihr auftischte. Charlotte wurde regelrecht schwindlig, stand eben doch nicht alles in den frei zugänglichen Werken in den Bibliotheken geschrieben.

Die Redaktion des Magazins *Innenansichten aus Adelsschlössern* verlangte von ihr fünfundzwanzig Doppelseiten für die Sonderausgabe, zuzüglich der Fotos von der Grafenfamilie. Schien ihr die Seitenzahl vor ein paar Stunden unerreichbar, so wurde ihr nun klar, dass sie Stoff für mehrere Sonderausgaben zusammengetragen hatte und sich wahrscheinlich würde kurzfassen müssen.

»Charlotte, kommst du mit nach nebenan in den Speisesaal?«, riss Ida sie aus ihren Überlegungen.

»Nach dem Essen reden wir weiter. Dann erhältst du von mir auch einen USB-Stick mit dem Familienstammbaum und den Reproduktionen wichtiger Dokumente, die unserer Meinung nach der genaueren Ansicht und der Aufarbeitung bedürfen. Du kannst sie dir an einem anderen Tag in Ruhe anschauen.«

*Es war genau richtig, dass ich die Stelle bei der Redaktion gekündigt habe. Ich brauche kein überspitztes Interview. Die Sonderausgabe zu* Innenansichten *im Schloss wird ein Bestseller, meine Doktorarbeit wird der Hammer und die Wissenschaftler:innen werden sich nach der Publikation wirklich darum reißen!*

## Ein Jahr später

Idas und Charlottes gepackte Koffer warteten in Reih und Glied vor dem Eingang. Der Trolley von Charlottes Eltern sah winzig daneben aus. In einer weiteren Tasche steckte sicher verpackt die vergoldete Statue, die Charlotte mit ihrem Artikel über die gräfliche Familie gewonnen und ihren Eltern gewidmet hatte.
Sie würde bei ihnen einen exponierten Platz im Wohnzimmer bekommen.

Idas ganze Familie versammelte sich, um Charlotte, ihre Eltern und Ida nach dem zusammen verbrachten Weihnachtsfest zu verabschieden. Ihre Eltern fuhren nach Hause zurück. Ida und Charlotte dagegen reisten zum Castelo Montanha, dem Schloss der portugiesischen Verwandtschaft, um das dortige Archiv aufzusuchen und einen Kurzurlaub in der Region zu verbringen.

Ein Urlaub, der wahrlich wie gerufen kam, denn Charlotte würde danach ihre Arbeit im

Archiv ruhen lassen, um eine Postdoc-Stelle an einer renommierten Universität unweit von Bergfels anzutreten.

Ida hatte sie gar nicht groß dazu überreden müssen. Das Angebot war zu verlockend gewesen und sie freute sich auf den nächsten Schritt in ihrer wissenschaftlichen Karriere.

»Herzlichen Dank für die Einladung. Wir haben den Aufenthalt sehr genossen und lange nicht mehr so ein schönes Weihnachtsfest gehabt«, schwärmte Charlottes Mutter.

»Uns war es eine Freude, euch als Gäste gehabt zu haben«, entgegnete die Gräfin.

»Ihr müsst unbedingt im Sommer ein paar Tage mit uns in dem Ferienhaus in den Alpen verbringen«, fügte der Graf hinzu.

Charlotte schenkte Ida ein warmes Lächeln. Ganz sicher würden sie sich alle im Sommer wiedertreffen. Aber nicht im Ferienhaus in den Alpen … nein, in Portugal. Denn was sie noch nicht verraten hatten, war, dass sie die Zeit dort nicht nur für Urlaub und Arbeiten im Archiv nutzen würden,

sondern auch für die Planung ihrer Hochzeitsfeier-
lichkeiten im Castelo Montanha.

## Danksagung

Großer Dank gilt meiner Frau Petra, die nach erster Inaugenscheinnahme mit einem Daumen hoch das Go für den Versand der Geschichte an meine fleißigen Erstleserinnen gegeben hat. Annika, Marita, Sandra und Uschi: Viele Eurer Vorschläge und kritischen Anmerkungen habe ich bei meiner Überarbeitung berücksichtigt und hoffe, dass die Geschichte dadurch verständlicher und lesbarer geworden ist!

Und ein herzliches Dankeschön geht an meine Lektorin Senta Herrmann, die nach kritischer Durchsicht allem den letzten Schliff gegeben hat. Deine Denkanstöße und Ratschläge lassen mich meine Zeilen immer wieder in einem neuen Licht sehen und zeigen mir, wie wichtig es ist, das Erstgeschriebene zu überarbeiten!

Webseite:   https://haasengeschichten.de/
Kontakt:    Claudine-Auteur@web.de

**Ebenfalls von Claudia Haase erschienen:**

*Walnussplätzchen unterm Weihnachtsbaum*

*Athena und Murina*

*Weihnachten im Schloss*

*Rendezvous mit einer Burgruine*

*Eine treue Gesellin mir zur Seite*

----------------------------------------------------------------------

Im **MAIN Verlag, Förderkreis Literatur e.V.**:

*Einspruch zwecklos. (K)Eine Schwalbe zur Untermiete*

----------------------------------------------------------------------

**In englischer Sprache erschienen:**

*What's Christmas Without Walnut Cookies?*

*Christmas at Bergfels Palace*

*A Date with Castle Ruins*

*A Truthful Companion By My Side*

https://haasengeschichten.de/

https://main-verlag.de/autoren/claudia-haase/

https://www.wir-schreiben-queer.de/claudia-haase/